ブルーもしくはブルー

山本文緒

角川文庫
22673

目次

九月十四日に

——蒼子A

私には、男性を見る目がないらしい。

乱気流の中を行く飛行機で、私は唐突に気が付いた。

サイパンを飛び立ってから二時間、機内の揺れは収まるどころかどんどん激しくなっていく。

私は座席にからだを埋めて、じっと目をつぶっていた。ふわりと床が落ちる。そして上昇する。気分がいいと言ったら嘘《うそ》だが、全身の力を抜いて波に身を任せてしまえば、どうということはない。

だが、隣にいる私の連れは脂汗をかいているようだ。片手で口許《くちもと》を覆い、時々唸《うな》り声を漏《も》らしている。顎《あご》の先の不精髭《ぶしょうひげ》が微《かす》かに震えていた。

「大丈夫ですか？　薬、お飲みになります？」

優しい言葉をかけたのは、私ではなくフライトアテンダントだ。

「ええ、まあ……大丈夫です」

「何かお飲み物でも？」

「じゃあ、ビールを。喉《のど》が渇いちゃって」

私はそこで眠っているふりをやめ、行きかけたＣＡを呼び止めた。大きな揺れによたつきながら振り向いた彼女に私はコーヒーを頼んだ。

「起きてたのか」

牧原が力なく微笑《ほほえ》んだ。

「気持ちが悪いのに、ビールなんか飲んで平気なの？」

「気分が悪いわけじゃないよ」

「そんな青い顔して」

私の言葉に、牧原はまた曖昧《あいまい》に笑った。その情けない笑顔から私は反射的に目をそらす。

「飛行機なんか、落ちてしまえばいいんだ」

心にもないことを牧原は強がった口調で言った。

「落ちないわよ。台風が来てて、気流が悪いだけじゃない」

「そうすりゃ、蒼子《そうこ》さんと心中できる」

心中なんかする度胸も男気もないくせにと、私は胸の中で呟《つぶや》いた。自然と浮かんだ冷笑を牧原は何か勘違いしたらしく急に手を握ってくる。

「ねえ、蒼子さん」

「お願いだから説得しないでね」

「どうして別れなきゃならないんだよ。蒼子さんが離婚してくれたら、俺《おれ》、あなたといっしょになるつもりだったのに」

「説得しないでって、今言ったでしょう」

「それじゃ納得できないよ」

そこで、天井のスピーカーから「機長からのお知らせがございます」とアナウンスが入った。通路を挟んで隣に座っていた小学生が「墜落だ」と声を上げる。それを母親が慌ててたしなめた。牧原がさらに強く私の手を握った。

放送の内容は、もちろんそんな物騒なものではなかった。昨夜から関東地方に近付いていた大型の台風が、先程伊豆《いず》半島に上陸した。関西も相当気流が悪く、大阪へも降りることができない。福岡空港へ着陸することをご承諾願いたいと、機長らしき男性のくぐもった声が聞こえた。

「福岡だって」

私と牧原は、顔を見合わせて同時にそう言った。台風の動き次第で、成田ではなく大阪へ降りる可能性もあるということは搭乗前に聞かされていたが、福岡とは予想していなかった。私はその地名をもう一度口に出した。

「福岡……」

「おいおい待ってくれよ。俺、明日から仕事なんだよ。帰りの新幹線ちゃんと取ってくれるんだろうなあ」

ちょうど飲み物を持ってやって来たＣＡに、牧原は泣き出しそうな顔を向けた。

「ねえ、東京までの足はちゃんと確保してくれるんでしょうねえ。明日、仕事休むわけにいかないんだよ」

「もちろん最善の努力はさせて頂きます。お帰りの切符などにつきましては、今アナウンスが入りますので」

ここまで飲み物を持ってくる間に、きっと同じ質問を何度もされたのだろう。笑みを浮かべながらも彼女は機械的に答えた。

もらった缶ビールのプルトップを抜きながら、牧原は大きな溜《た》め息をついた。私はコーヒーの紙コップを持ったまま彼の横顔を眺める。

大したことではないのに。

たかが成田に降りる飛行機が、福岡へ変更になっただけではないか。たったそれだけのことに、この人は何をおろおろしているんだろう。どうしてもっとどっしり構えていられないのだろう。

紙コップを持ち上げて私はコーヒーを啜《すす》った。いらいらと貧乏揺すりを続ける牧原の膝《ひざ》を私は情けない気分で見た。

けれど、こんな男を恋人として選んだのは他でもない私自身なのだ。

出会ったばかりの頃は、夫と別れていっしょに暮らしてもいいかとさえ思っていた。

だが長く付き合っていればメッキは剝《は》がれる。

私は丈夫が取り柄で、頭痛ひとつ感じたことがない。それに引き換え、牧原は乗り物に酔いやすく、すぐ疲労や頭痛を訴える。最初はそんなところが情けなくて可愛《かわい》いなどと思っていた。ところが今では、それが一番癇《かん》に障る。恋の終わりとはそういうものだと分かっていても自分で自分が情けなくなる。

　どうも私には男を見る目がないらしい。夫も、不倫相手も選び間違えた。

　ゴーゴーとすさまじいエンジン音を聞きながら、私はもう一口コーヒーを啜った。

そのとたん大きく機体が揺れ、ちゃぷんとコーヒーが跳ねた。

「あつっ」

「揺れてるんだから、気を付けなよ」

素早くハンカチを差し出す牧原の顔を、私は思わずじっと見た。

「何？」

「何でもない。ありがとう」

もらったハンカチで唇を覆い、私は複雑な思いを噛《か》み締めた。男気がない代わりにこの人は優しさを持っている。悪い人ではないのだ。

気持ちがぐらつきそうになって、私は慌てて首を振った。もう決めたことなのだ。これ以上この人といっしょにいても何も生まれてはこないのだから。

私は空になった紙コップを指でくしゃりと潰《つぶ》した。

あと一時間で福岡へ着く。

福岡へ行くのは初めてだけれど、そこには懐かしく、苦い思い出があった。

私は博多へ一泊していくことを考え始めていた。

博多駅構内の喫茶店で、私と牧原は向かい合っていた。

「え？　帰らないの？」

このまま今日は博多に泊まっていくことを告げると、彼は本気で驚いていた。

「うん。別に急いで帰る用事もないし、ちょっと観光してから帰ろうと思って」

にっこり笑ってみせると、牧原は口をぱくぱくさせて言葉を捜していた。

「そんなあ。蒼子さん、ひどいよ」

「牧原君は明日休めないんでしょ。悪いとは思ってるわ。ごめんね」

「ごめんねって……よし、決めた。明日は休む。俺《おれ》も蒼子さんといっしょに泊まるよ」

そう言い出すんじゃないかと思っていた。サイパンでした別れ話を、牧原はちっとも本気にしていなかった。私がちゃんと冷たい態度を取らないからいけないのかもしれない。そう思って、私は顔を上げた。

「いいかげんにして」

「蒼子さん？」

「どうして子供みたいに駄々をこねるの？　私、ひとりになりたいの。そんなに喧嘩《けんか》別《わか》れにしたいなら、そうしてあげる。見送らないからね」

そう言って立ち上がると、牧原は慌てて私の手首を摑《つか》んだ。

「待てよ。ごめん。俺が悪かった」

謝る牧原をしばらく見下ろしてから、私はゆっくり腰を下ろす。しゅんと肩を落とす彼を見て初めて少し胸が痛んだ。

童顔と呼べるであろうそのツルンとした顔。二十六にもなって少年ぽさが抜けない、さらさらした髪。日に焼けた二の腕。私はかつてこの人が好きだった。ところが月日の経過と共に、可愛いと思っていた年下の男が甘ったれで卑屈な男に見えてきてしまったのだ。

別れ話は、サイパン旅行の前に私から切り出した。すると彼は、せっかく休暇を取ったのだから旅行だけは行こうとごねたのだ。最後の旅行のつもりで来た私を、彼は何とか説得しようとしたが、却《かえ》ってそれは逆効果だったようだ。楽しむつもりで行った旅行だったのに、牧原の愚痴と泣き言ばかりを聞かされて、私の彼に対する気持ちは加速度をつけて冷めていった。

私と牧原は、四年前に知り合った。

バイトで入ったデパートの婦人服売り場に牧原はいた。人なつっこい笑顔とそのアイドル紛いの容姿のせいで、彼は売り場中の人気者だった。

最初、三つも年下の学生っぽさが抜けない男に恋愛感情など持たなかったが、毎日顔を合わせくだらない冗談を言っているうちに、私達は親しくなった。恋人になったきっかけなどもうあまりよく覚えていない。ふたりで飲みに出かけ、あとはなし崩しにそうなった。

私が結婚していることは牧原も最初から知っていたし、それをどうこうとはふたりとも言わなかった。それはとても楽な関係だった。

不在がちで干渉してこない夫をこれ幸いと放っておいて（いや、放っておかれたのは私だったのだが）私と牧原はよく旅行に出かけた。

旅先での牧原はいつにも増してはしゃぎ、私もつられてハメを外した。楽しかったけれど、こんな関係が長続きするわけがないことぐらい私にはよく分かっていた。だが彼には全く分かっていなかったようだ。

恋は旅に似ている。非日常の楽しい毎日。けれど、それはいつか必ず終わる。そしてまた日常が始まるのだ。退屈な日常があるからこそ、刺激的な非日常がある。はしゃいでいられたのは私達が恋人同士という旅行者だったからだ。私が夫と離婚し、牧原との日常を始めたらもう恋人同士ではなくなる。はしゃいではいられなくなる。どうせまた、私は気晴らしの旅行に出たくなるに決まっているのだ。

「俺には、もう飽きたってこと？」

牧原の質問に私は答えなかった。そうなのかもしれない。楽しかったけれど、もう飽きてしまったのかもしれない。日常のウサを晴らすためだけの恋に飽き飽きしてしまったのかもしれない。

「……ごめんね」

やっとのことで私はそれだけ言った。自分が冷酷でわがままな人間であることを私はよく知っている。だからこそ謝るぐらいしか私にできることはなかった。

「いいよ。謝らないでも」

「悪いと思ってるわ」

「いいってば。それより俺、しばらくは待ってるからさ。気が向いたらまた電話でもしてよ」

ほんの少し余裕を取り戻した顔で、牧原はそう言った。別れを切り出すのも気まぐれなら、また気まぐれで縒《よ》りを戻せるかもしれないという表情だ。馬鹿にされているような気もしたが私は何も言わないでおいた。とにかく早くひとりになりたかったのだ。

東京行きの新幹線に、牧原はスーツケースといっしょに乗り込んだ。動き出した車両のガラス越しに、彼は手を振ってくる。私も手を上げてそれを振ってみせた。

新幹線が行ってしまうと、あっけないほど簡単に私はひとりになった。ホームの時計を見上げるとまだ午後の一時だ。九月の日差しは夏のように眩《まぶ》しく照りつけている。力が抜けてしまって、私は足を引きずるようにして駅の階段を降りた。疲れてはいたけれどそのだるさは悪くなかった。知らない街で、ひとりきりでいる解放感と軽い戸惑い。旅の疲れと、どうにでもなれという甘い諦《あきら》めの感情。

改札口を出て、すぐ目に入った電話ボックスに私は入った。備えつけの電話帳を繰って適当なビジネスホテルを捜し部屋を予約する。泊まる所が決まると気分が楽になり、同時に眠気が全身を襲った。

自分で思っているよりもずっと疲れているのかもしれない。掌《てのひら》で頬《ほお》をピタピタ叩《たた》き、睡魔をとりあえず追い払う。でもこのまま夜まで起きているのはつらそうだ。ホテルへ行って少し横になろうか。

そう決めると、私はコインロッカーに預けてあった旅行バッグを取ってタクシーに乗った。ホテルの名前を告げると、運転手は微《かす》かに眉《まゆ》をひそめる。車は二分も走らないうちに大通りに沿ったホテルの前に止まった。

ワンメーター分の料金を払って車を降りた私は、狭いロビーを抜けフロントに直行した。まだチェックインの時間には早いことは分かっていたが、強く頼むとしぶしぶ部屋のキーを渡してくれた。

期待していなかったせいか、その部屋は思ったよりも広く感じのいい部屋に見えた。白い壁に白いベッド。壁に掛けられた小さな絵さえも、白っぽい淡白な絵だった。サイパンで泊まったホテルが、壁中に波やら魚やらが描いてある騒がしい部屋だったので何だかほっとした。

カーテンを開けると、眼下に博多の街が広がっていた。ビルが立ち並び、その向こうには住宅地らしい街並みが続く。思ったよりも大きそうな街だったが、こうやって窓から見る限りでは何の特徴もない普通の地方都市に見える。

おなかが空いていたけれど、空腹よりも眠気の方が強かった。開けたカーテンを半分閉め、私は服を脱ぐ。下着のままベッドに潜り込んだ。

日に焼けた全身に、ひんやりとシーツが気持ちよく触れた。レースのカーテンから、柔らかい午後の日差しが瞼《まぶた》に降り注いだ。だんだん薄くなる意識の底で、私は夫に電話をしようかどうしようか考えた。

九月十四日という、今日の日付が頭に浮かぶ。今日は私と夫の六回目の結婚記念日だ。けれど、一度もふたりでこの日を祝ったことはない。一回目の結婚記念日、佐々木は電話一本よこさず外泊をした。それから私はこの日付を忘れようと努めてきたが、忘れようとすればするほど、九月十四日という日付がくっきりと胸の奥に刻まれた。

やめておこう。電話をしたところで、佐々木が私の帰りを待っていてくれるわけではないのだ。

薄いシーツを被《かぶ》りなおし、私はぎゅっと目を閉じた。


目が覚めた時、しばらく自分がどこで何をしているのか思い出せなかった。

のっそり起き上がり手の甲で目をこする。窓の外に夕暮れの街が見えて、そこで私は福岡のホテルにいることを思い出した。

ベッドから下りて、私はバスルームでシャワーを浴びた。バスタオルで全身を拭《ぬぐ》い、旅行バッグから新しい下着を出して着ける。髪にタオルを巻いて、下着姿のまま冷蔵庫から出したジュースを飲んだ。冷たいジュースが喉《のど》から胃まで落ちていくのが分かった。空腹を感じたとたんおなかが鳴ってしまい、私はひとりで小さく笑った。

「よしよし。すぐ何か食べさせてあげるからね」

独り言を言うのはみっともない。二十代前半の頃はそう思っていた。けれど、三十歳を目の前にした今の私には、独り言ぐらい言っても何のバチも当たらないだろうと思えた。

全身さっぱりすると洋服も新しいものが着たくなった。ベッドの端に腰かけて私は唇を尖《とが》らせる。さっきまで着ていたノースリーブのポロシャツは、汗を吸ってくったりしていた。サイパンで買ったサンドレスは街で着るにはちょっと派手過ぎる。かと言って、出発の時に着ていたサマースーツは旅行鞄《かばん》の底でくしゃくしゃになっていた。洋服を買おう。私はそう決めて立ち上がった。とりあえずジーンズを穿《は》き、夫への土産に買ったTシャツの袋を破いて着た。素足にサンダルをひっかけ、簡単に化粧をして私は部屋を出た。

知らない街で適当なレストランを捜すのも面倒だったので、ホテルにあったカフェでグラタンとサラダを食べた。夏休みが終わったせいなのか流行《はや》っていないホテルなのか、そのカフェにもロビーにも人影は少ない。食べ終わると居心地が悪くなって私はホテルを出た。

大通りに沿って私はゆっくり歩いてみた。会社帰りらしいサラリーマンや若い女の子達が、私のそばをすれ違ったり追い抜いたりして行く。知らない街の穏やかな夕暮れ。オフィスビルがほんのり橙色《だいだいいろ》に染まり、遠くに霞《かす》む山々の上には白い月が顔を覗《のぞ》かせていた。

私は最初、多少の緊張をもって、すれ違う男の人の顔をひとりひとり確かめていた。けれど、次第に馬鹿らしくなってやめた。いくらあの人がいるかもしれない街だといっても、そうそう偶然に出会えるわけがない。

女の子達の楽しそうな笑い声を聞いたせいか、ほんのりと人恋しくなってくる。交差点で信号待ちをしていた大柄の中年女性に私は声をかけた。

「すみません。このあたりで、本屋さんをご存じですか？」

こちらを振り返ったその女性は、私を見て不必要とも思えるほどにっこり笑った。

「あんた、博多ん人やなかろう」

予想外の台詞《せりふ》が返って来て、私は絶句する。

「何となく分かったい。私、勘のよかとよ。九州ん人やなかろう？」

「はあ。ちょっと旅行で……」

「待って、言わんで。そうやねえ、あんた東京ん人やなかね？」

「そうですけど」

「やっぱね。私、保険の仕事で毎日いろんな人に会うけん、たいがい顔ば見ただけで、どこから来んしゃったか、分かるっちゃん」

強いパーマをかけた横に広い顔は、招き猫によく似ていた。金歯を見せて、招き猫はけたけた笑う。私は内心しまったと思った。日本中どこにでも、話し出したらきりのないこういうおばさんはいるのだ。

「旅行って、ひとりで来とんしゃあと？」

「ええ、まあ」

「危なかねえ。若か女ん子のひとり旅やら、どうせ失恋かなんかしたっちゃないと」

笑いながら言うそのおばさんから、私は露骨に視線をそらした。しつこい人間と、おしゃべりな人間は大嫌いなのだ。声をかける相手を間違ったと後悔しながら信号を見上げる。

「本屋やったら、そっちへ渡った所にあるよ」

私がつれない素振りをしたのを感じたらしく、おばさんはぶっきらぼうにそう言った。

彼女が指した「そっち」の信号がちょうど青から赤へ変わろうとしている。私は慌ててお礼を言って小走りに信号を渡った。

教えてもらった書店の隣に喫茶店があったので、私はガイドブックを買ってからその店に入った。

ざっとガイドブックに目を通すと、博多という街が自分が思っていたよりずっと大きな街だということが分かった。デパートやファッションビル、映画館に美術館にコンサートホール。東京にあるものは何でもありそうだ。まだ少ししか見ていないけれど、街並みも綺麗《きれい》で感じがいい。

「こんなことなら、博多へお嫁に来ればよかったかしら」

小さな声で私は独り言を言った。冗談のつもりで言ってみたのに、いざそうやって口に出してみるとそれはびっくりするほど苦い後悔となって私を襲った。この場でわっと泣き出したい衝動を私は何とか堪《こら》えた。目をつぶって深呼吸をし、嵐《あらし》が去るのを待つ。

この街のどこかに（あるいは、もうここにはいないかもしれないのだが）かつて結婚も考えた恋人が住んでいるのだ。河見俊一という名前の、ごつくて大きな男だ。

七年前、東京で私達は知り合った。

洋裁の専門学校を出て念願の大手服飾メーカーに就職した私は、仕事を始めて二年で、もうその会社を辞めることばかり考えていた。デザイン部門に配属になる約束だったのに、結局回されたのは営業事務だった。何の面白みもない雑用と、セクハラと呼べるであろう上司達のしつこい夕飯の誘い。そんな毎日に嫌気がさし、転職雑誌を買うのが習慣になりつつあったあの頃。

同僚に連れて行ってもらった小さな料理屋で、私は河見と知り合った。カウンターだけの本当に小さな店だったけれど、掃除がいき届き、華奢《きゃしゃ》なお銚子《ちょうし》が出てくるような上品な店だった。

そこで河見は板前をしていた。いかつい顔に短く刈った髪、糊《のり》のぱりっと利いた仕事着を着て、いつも黙々と働いていた。

最初はとっつきにくい人だと思っていたけれど、何度か通ううちに、時々怒ったような顔をして「おまけです」と旬の刺し身を出してくれるようになった。それから彼が笑顔を見せてくれるまで、そんなに長い時間はかからなかった。

その店の主人や女将とも、そして河見とも気軽に話ができるようになると、もう誰かを誘ってと面倒なことは考えなくて済んだ。残業などで夕飯を食べ損なうと、私はひとりでその店を訪れるようになった。ひとり暮らしの私にとって、その店は居心地のいい台所のような存在になった。

ある日、残業と人間関係にぐったり疲れて店の戸を開けると、いつも最初に「いらっしゃい」と声をかけてくれる河見がいなかった。思わずガッカリした表情をしたのだろう。女将が意味ありげに笑って、河見は休みを取って郷里へ帰っているよと教えてくれた。私は慌てて女将の勘違いを訂正したが、取り合ってもらえなかった。蒼子ちゃんが来ると河見も嬉《うれ》しそうだよと、ニヤニヤ笑っている。

数日後、女将に乗せられるような形で、私と河見はデートをすることになった。断ることもできたのに断らなかったのは、やはりその頃から私は河見に好意を持っていたのだろう。

ところが当日、河見は映画を見てもお茶を飲んでもどこか上の空だった。やはり河見が私を好いているなんてことは、女将の思い込みだったのだと私は肩を落とした。

マンションの下まで送ってくれた河見はペコンと頭を下げ、何か言いたそうに私を見た。もぐもぐ口を動かしたかと思うと、彼は唐突に「俺《おれ》と結婚してもらえないでしょうか」と言ったのだ。

その時、私が何と返事をしたのかは覚えていない。あんまり驚いたので、何やら適当なことを言って慌ててエレベーターに飛び乗った記憶がある。

好きだという素振りも見せずいきなり求婚してくる男に、私は大きな戸惑いを感じた。嬉しくなかったと言えば嘘《うそ》だろう。そう、嬉しいことは嬉しかったのだ。

その晩遅く電話が鳴った。河見からだと分かっていたので、受話器を取ろうかどうしようか私は心底迷った。受話器を取ったら、イエスかノー、どちらか返事をしなければならないような気がした。

電話は一度切れた。ほっと胸を撫《な》で下ろしたとたん、もう一度電話が鳴り始める。私は逃げることはできないような気になって受話器を取り上げた。

「さっきは、すいませんでした」

河見のしゅんとした声が耳に届いた。

「いきなりプロポーズしたって言ったら、女将さんにどやされました。言い直します。その、えっと、また食事でもいっしょに……」

消え入りそうなその声に、もう少しで吹き出しそうになった。そして私は河見の恋人になったのだ。

付き合い始めてみると、彼は店にいる時とだいぶ印象が違った。無口でおとなしい人なのかと思っていたら、ふたりきりになると河見はよくしゃべりよく笑った。そして思ったよりも私によく甘えた。結婚の話は、よほど女将に釘《くぎ》を刺されたのかしばらくは口にしなかったが、明らかに私を未来の女房扱いしていた。

今の夫の佐々木と知り合ったのは、河見と交際を始めて一ヵ月後ぐらいだったと思う。お節介な上司が、自分の大学の後輩だと紹介してくれたのだ。いやいや上司に連れられて来た店で初めて佐々木を見た時、私ははっとした。こんなに感じのいい男の人が、世の中にはいるのだと感心するほど彼の第一印象は良かった。自惚《うぬぼ》れかもしれないけれど、佐々木も私のことを一目で気に入ってくれたようだった。私達は考える間もなく、急速に親しくなった。

佐々木は、私が十代の頃から思い描いていた理想の男性にとても近かった。スマートで清潔感があり、いつも温和な笑顔を浮かべていた。だからと言って気取っているわけでなく、高級な店ではそれなりに、カラオケに行けば十八番を歌って騒げる人だった。

佐々木は五つ年上だから、当時二十七になったところだった。河見は仕事柄、外見は大人に見えたが、内面はまだ二十四の青年だった。

いけないとは思いつつも、私は佐々木と河見を比べないではいられなかった。広告代理店に勤める都会的でスマートな佐々木と、やんちゃ坊主のような河見。どちらも同じぐらい好きで、どちらを選んでもどちらかを捨てたことを後悔しそうだった。二股《ふたまた》をかけているという罪悪感は、思ったよりも重く私にのしかかった。佐々木と河見、このままずるずる二人と交際していくことは、私にはできそうもなかった。どちらも本当に好きだからこそ、裏切っているという思いが私を苦しめた。その苦しみから逃れるには、どちらかを選択するしかなかった。

きっかけは思ったよりも早く訪れた。河見の父親が倒れたのだ。彼の父親は、ここのところずっと体調を崩しがちだったという。長期入院になるかもしれないから、河見は郷里の福岡へ帰ることを決心したと私に告げた。いっしょに帰ってくれないかと彼は私に頭を下げた。

私は頷《うなず》くことができなかった。頭を下げた河見の向こうに、福岡で暮らす私が見えた。夫の世話をし、見知らぬ義理の親の看病をし、所帯染みていく自分が見えた。私はまだ二十三だった。東京で生まれて育った私が、何故病気の父親を抱える男に付いて九州へ行かねばならないのだろう。

結婚すれば、円満に仕事を辞めることができる。それはいい。けれど、その時の私は結婚に対する甘い幻想を、すっぱり捨て切れる年ではなかったのだ。清潔なリビングに花を飾り、休日にはドライブに連れ出してくれる優しい夫。そういう夢を叶《かな》えてくれるのは、河見ではなく佐々木だと思った。

そして何より、私はだんだん河見が恐《こわ》くなってきていた。酒を飲むと言葉が乱暴になり、毎晩私の部屋に電話をしてきて帰りが遅いと文句を言う河見に、がんじがらめにされるのが恐かったのだ。

けれど迷いはあった。佐々木にはプロポーズされたわけではないし、私は外にいる時の佐々木しか見たことがない。ベッドにいる時でさえ、佐々木はよそゆきの顔をしているように私は感じた。

その点、河見は裏表のない男だった。彼には悪気というものがない。飲み過ぎて失態を見せても、後で可哀相《かわいそう》なぐらい反省していた。口では亭主関白と言っても、私が仕事で疲れている時は心から労《いたわ》ってくれた。

それでも、私は結局佐々木を選んだのだ。私から結婚を仄《ほの》めかすと、佐々木はこちらが驚くほど簡単にプロポーズしてくれた。そろそろ落ちつきたいと思ってたんだと彼は笑った。私があれこれ言う前に、佐々木は結婚に伴う様々な段取りを手際よくつけていった。

河見には、佐々木のことは何も言わなかった。ただ一言「いっしょには行けない」と言っただけだった。河見はその時、一瞬顔を強張《こわば》らせたが、深い溜《た》め息をついただけで結局何も言わなかった。彼は黙って郷里に帰った。その後、店に顔を出せるわけもなく、それからの彼のことはよく知らない。その店に連れて行ってくれた同僚が、河見は博多でまた板前をしているらしいと教えてくれただけだ。謝って済むことではないのはよく分かっていたが、私は夜中のベッドでひとり、何度も河見に謝った。涙は佐々木との式の当日まで涸《か》れなかった。

「お下げしてよろしいですか？」

女の子の声がして、私ははっと顔を上げた。とうに冷めてしまったコーヒーカップにウェイトレスが手をかけようとしている。私は慌てて頷《うなず》いた。

私は窓ガラスに映った自分の顔を見て、うんざりと首を振った。今更とうの昔に過ぎてしまったことを考えて何になる。やはり博多になど泊まるべきではなかったのだ。

私は伝票を持って立ち上がりレジでお金を払った。洋服なんか買わずに、旅行代理店を見つけて明日の東京行きのチケットを取ろう。そしてホテルへ帰って眠ってしまおう。私はそう思って街の中を歩き出した。

地下街へ下りると、すぐ旅行代理店が見つかった。羽田までのチケットを買って外へ出る。腕時計を見るとまだ六時を少し過ぎたところだった。

私は目についたショップを、ほんの少しのつもりで覗《のぞ》いてみた。博多も東京も、売っている服にそう変わりはなかった。洋服なんか買わないでと思っていたのに、いざ見ると欲しくなってしまう。地下街からファッションビルに上がり、私はわりと本気で欲しい洋服を捜しだした。

佐々木との結婚生活が色褪《いろあ》せてからは、私は半分狂ったように買い物を繰り返していた。流行の服にバッグ、靴に髪飾り。そして食べ歩きに海外旅行。湯水のようにお金が溢《あふ》れて余っているというわけではなかったが、夫の給料で生活費は十分だったので、私がアルバイトで稼いだお金は全部好きなように使えるのだ。夫のボーナスも半分は私が使っていいことになっている。

買い物をすると一時的ではあるにしろ気分が紛れた。新しい服に身を包み、店員に年を五つも六つも若く間違えられる時だけ胸がすっと晴れる気がした。けれど、それも最近では虚《むな》しさばかり残る。いったいこれから私はどうしたらいいかまるで分からなかった。結婚相手の選択を間違い、離婚するような理由もきっかけも摑《つか》めない。情熱を注げる仕事もなければ、逃避行してしまえるような不倫相手もいない。私には何もすることがなくなってしまった。これから先の長い時間、私はただこうやって虚しい消費を続けていくだけなんだろうか。

そんなことを考えながらも、私の手は次々と吊《つ》るしてある服を品定めしていた。私は白いワンピースを捜していた。どこにも飾りがなくて、綿の真っ白なワンピース、昭和初期の映画女優が着ていたような、そっけないぐらいシンプルで、でもパリッと今風な……あ、あんな感じの。

白いAラインのワンピースに半袖《はんそで》のカーディガンを羽織った女性が、ふわりと私の横を通り過ぎた。長い髪のその女性を私は自然と目で追った。そして、並んで歩いている男性の背中を何気なく見る。

私は目を見開いた。

男は女性の顔を覗き込むようにして何か言う。横顔が見えた。私の中で何かが弾けた。

河見だった。

間違いない。あれは河見だ。

どうしよう。河見なのだ。

一生会えないと思っていたのに。目の前にいるなんて。河見がそこにいるなんて。

期待していたはずの偶然が現実となって身に降りかかってくると、どうしたらいいかまるで頭が働かなかった。ただ心臓が飛び出しそうに高鳴り、頭の中が真っ白になった。

すれ違う人々をかき分け、私の足は河見を追いかけた。何も考えられず、ただ私は彼の背中に向けて手を伸ばす。指先が河見の肩に触れそうになった時だった。彼の隣を歩いていた連れの女性が、こちらをちらりと振り返った。私はびっくりして伸ばした手を引っ込める。彼女は私に視線を止めずぐるっとあたりを見回すと、また前を向いて歩き出した。

咄嗟《とっさ》に下ろした右手を私は胸の前で抱き、大きく目を瞠った。河見とその女性が歩いて行くのを呆然《ぼうぜん》と見送る。

彼女は、私に似ていた。

ちらりとしか見えなかったけれど、とても私に似ているようだった。

締めつけられるような不安と、河見が私に似た女性を選んだという複雑な喜び。そのふたつが胸の中で竜巻のように荒れ狂う。

遠ざかった彼らの背中が、下りのエスカレーターへ消えるのを見て私は走り出した。竜巻に背中を押され、私は彼らを追いかけた。

河見と連れの女性は、そのまま地下街へ下りると地下鉄の駅に向かった。

彼らが切符を買って改札口へ入ると、柱の陰から飛び出して私も切符を買う。最低区間のボタンを押したとたんに、どこでも下りられるように一番遠い区間を買うべきだったと気が付いた。けれど、買い直していては彼らを見失ってしまう。私はそのまま切符を摑《つか》んで改札口へ急いだ。

階段を駆け下りると、河見達はすぐ見つかった。私は何人か人を挟んで彼らの後ろに立ち、やって来た地下鉄に乗り込んだ。彼らの背中が車両の暗い窓に映る位置を見つけて、私はうつむき加減に立った。

駅に着く度、私はそっと後ろを振り返り、河見の姿を確認する。その度に、隠れてなどいないでいっそ明るく声をかけようかという思いが頭をよぎった。

けれど河見と連れの女性は、お互いの背中に手をまわし、まるで新婚夫婦のように笑いあっていた。顔を寄せて何やら話をする時など、唇が今にも触れ合いそうだ。そんなふたりを見ていると、声をかけるどころかこんなふうにこそこそ尾行していること自体が虚しくなる。このまま声などかけず帰ってしまおうか。そう思ってはみたものの、私の足はいくつ駅に止まっても、彼らのそばから離れようとはしなかった。

十分ほどそのままグズグズしていると、彼らが吊り革を離してドアのそばへ寄って行くのが見えた。下りるのだ。河見はこのあたりに住んでいるのだ。そう思うと、どうしても河見の住んでいる場所を確かめておきたくなった。このまま帰ってしまったら、本当に一生会えないかもしれない。けれど住所さえ分かっていれば、ハガキぐらいは出せる。そしていつか、ふたりきりで会えることもあるかもしれない。私は彼らの後を追って電車を下りた。自動改札の機械に切符を入れ、足早に通り過ぎようとした時、大きなブザーが鳴った。私は冷水を頭から浴びせられたように、思わず悲鳴を上げてしまった。前方を歩く連れの女性が、こちらをゆっくり振り返る。私は慌ててそっぽを向いた。全身から汗が噴き出すのが分かった。

事務所から出て来た駅員に、慌てて不足分の小銭を払うと、私は駅の階段を駆け上がった。地上に出ると、バスターミナルとスーパーマーケットの光が目に飛び込んでくる。バスを待つ人の列や道行く人々の間を、私は半分狂ったように走り回った。

見失ってしまったのだろうか。

息を切らして、私は人込みの中に立ちすくんだ。

もうこのまま、本当に一生、河見の姿を見ることができないのだろうか。そう思うと鼻の奥がツンと痛み、大通りの向こうにあるパチンコ店のネオンが涙で歪《ゆが》んだ。

その歪んだ視界の中に、奇跡が起こった。手をつないだカップルが行き交う車の向こう側をゆっくり歩いていた。河見だ。彼らはパチンコ店の前で手を離し、その手を子供のようにバイバイと振った。そしてふたりは別れる。河見はパチンコ店の中に、連れの女性は舗道を歩き出す。

何も考えられず、私は車道に飛び出した。クラクションと急ブレーキの音を後ろに聞きながら、私はパチンコ店に向かって走った。店の自動ドアまであと少しというところで、私の前に突然人が立ちはだかった。避ける間もなくぶつかってしまう。

「す、すみません」

私が慌ててからだを離すと、かぶせるようにその人が言った。

「何かご用ですか？」

パチンコ店のネオンを背中に、その女性は立っていた。

「もしかして、さっきからずっと後をついて来ていない？　間違いだったらごめんなさい。でも」

そこまで言って、彼女はふいに口をつぐむ。私はというと、彼女の顔を正面から見た瞬間、もう既に口がきけなくなっていた。

彼女が静かに一歩、私の方へ足を踏み出した。ネオンが彼女の顔をさっと明るく照らす。私は息を呑《の》んだ。

彼女が言った。

「あなた、誰……？」

あなた、誰。

あなたこそ、誰なのよ？

私は、私と同じ顔をした女を、愕然《がくぜん》と見つめた。

金縛りにあったように、私は動けなかった。似ているなんてものではない。髪形も化粧も違うけれど、目の前にいる人間は、私とまるで同じだった。よく見なくても一目で分かる。髪質も、肌も、爪《つめ》も、声も、似ているのではなく、まるで同じなのだ。それは不思議な確信だった。似ているのではない。何から何まで同じなのだ。

動けなくなってしまった踵のあたりから、次第に恐怖が這《は》い上がってくるのが分かった。それは背中をピアノタッチで駆け上がり、頭の先へすっと抜けた。そのとたんに呪縛《じゅばく》が解けた。

私は渾身《こんしん》の力をこめて、目の前の女を突き飛ばす。そして全力で駆け出した。

あれは、何。

あれは、私だった。

見間違いなんかじゃない。あれは、私だった。

こわい。

逃げなくては。

見てはいけないものを見た。

理性がどこかへ吹っ飛び、私はからだの中から湧き起こる本能の恐怖に従った。

無我夢中で知らない道を走った。どのくらいの時間走ったか分からないが、坂道に差しかかった所で足がもつれた。街路樹の柵《さく》に脛《すね》をぶつけ、私は唸《うな》り声と共にそこへうずくまった。

からだ中が心臓になったようだ。血が沸騰し、顔が熱くて爆発しそうに感じる。額から落ちた汗が地面にぽたぽた落ちるのを見ているうちに、多少落ちつきを取り戻した。

重いからだを持ち上げるようにして、私は立ち上がった。あたりを見渡すと、街灯に照らし出された二階建て住宅がいくつか見えた。いったいどのくらい走ったのだろう。本気で走ったのなんて、何年振りだろうか。

ふと目についた自動販売機に私は歩いた。コーラを買って、その場で開けて飲む。一気にそれを飲んで空き缶をゴミ箱に投げた時、大きくカーブを描いた坂の下から、白い洋服を着た女が上がって来るのが見えた。

先程の恐怖は、もうやってこなかった。私は心のどこかで承知していたのだろう。きっと彼女が追いかけてくることを。私達は話してみる必要があることを。

「ああ、会えた」

坂を上がって来た彼女は、自動販売機に寄りかかる私を見てにっこり笑った。笑ったのだ。彼女の方が、私より倍は余裕があるようだ。

「あんなに呼んだのに、逃げちゃうんだもん。ね、あなたは私のこと知ってるの？私達なんなの？　他人の空似？　それとも双子なの？」

息を切らせながら、彼女は私の前に立った。私はいびつな笑いを浮かべて首を振る。

「知らないわ」

「名前を聞いていい？」

「佐々木、蒼子」

彼女の目が大きく見開かれる。

「蒼子っていうの？　嘘《うそ》でしょ？」

「まさかあなたは、河見蒼子って名前じゃないでしょうね」

彼女の顔から笑みが消えた。

夜に浮かぶ自動販売機の光の中で、私達は凍りついたままお互いの顔を見つめた。

彼女の提案で、私達は近くの児童公園で話をすることにした。

四角い小さな公園には一本だけ街灯が立っていた。その下のベンチに私と彼女は腰を下ろす。

先程の自動販売機で買ったコーラを彼女は飲んでいた。その横顔を私はそっと窺《うかが》う。さっきは同じ人間だなどと直感して慌てたけれど、こうやって落ちついて見てみると、ただのよく似ている他人に見えた。

　私は何を慌てていたのだろう。

　馬鹿みたいに恐がって逃げ出したなんてどうかしている。苦笑いを浮かべると、隣に座った彼女もこちらを見て微笑《ほほえ》んだ。

「本当によく似てるわね」

　彼女の笑顔は感じが良かったので、私は親しみをこめてそう言った。

「そうね。世の中には三人ぐらい、そっくりな人間がいるっていうじゃない」

「でも、そんなの作り話かと思ってた」

「似てる人っているものね。それも名前まで同じだなんて」

　彼女の台詞《せりふ》を聞いて、私は少し考えた。他人の空似なら、何故名前まで同じなのだろう。名前まで同じということは、やはり血が繋《つな》がっていて、私の知らない出生の秘密でもあるのだろうか。そこまで考えて、私は小さく吹き出してしまった。確かに私の家は少し普通と違う家庭だった。けれど、私が四歳の時母親が病死したというだけで、出生の秘密などという大袈裟《おおげさ》なものがあるとはとても思えなかった。

「ねえ、あなたさっき、私のこと双子なのって聞いたわよね。双子の姉妹がいるの？」

　私は半分笑いながらそう質問した。すると彼女はゆっくり首を振った。

「いないと思うわ」

思う、が強調されて聞こえたので、私は重ねて聞く。

「曖昧《あいまい》なのね」

「うん。私が四つの時に母親は病気で死んだから、母とちゃんと話した思い出はないの。父親は再婚して随分前から別々に住んでるから、疎遠になっちゃってるし」

彼女の顔を、私は愕然と見た。私の表情を見て彼女が首を傾《かし》げる。

「どうかした？」

「……もしかしてお母さんは癌《がん》だった？」

「そうよ」

「お父さんが再婚したのは、あゆみさんっていう人で連れ子がふたりいなかった？」

私の言葉に、彼女の目が大きく見開かれる。

「まさか、あなた再婚したお父さんの家に居づらくて、高校を出てすぐ独立した？高円寺の風呂《ふろ》なしアパート？」

私達はお互いの目の中を、吸い寄せられるように見つめた。彼女の唇が小さく震え始める。

「……私達、同じ人間なの？」

彼女がそう漏らすと、私は落ちてきた毛虫を振り払うように頭を大きく振った。

「何言ってるの。そんな馬鹿なことあるわけないじゃない」

「でも……じゃあ、あなた誕生日は？」

私が答えると、彼女は小さく肩をすくめた。

「同じだわ」

「嘘よ」

「嘘なんかついてどうするの」

「じゃあ、中学三年間、ずっと好きだった男の子の名前は？」

私はムキになって聞いた。そのことは、当人はもちろん友人にも漏らしたことがない。私だけの胸に秘めていたことだった。

彼女はうつむいて、額に手をやった。眉間《みけん》に皺《しわ》を寄せたその表情は、記憶を手繰り寄せているようにも、知らない事を聞かれて困っているようにも見える。

ふいに彼女は顔を上げた。ジャングルジムのてっぺんあたりに視線を向けて「思い出したわ」と呟《つぶや》いた。

「大坪君。勉強ができて、足をちょっと引きずってたわ。ああ、どうして忘れてたのかしら。ほとんど話したことないのに、大好きだった。足が悪いのに、みんなといっしょに体育してたわよね。毎年バレンタインにチョコレート買ったのに、一度も渡せたことなかった」

顔を輝かせて、彼女はこちらを見る。私は驚くのも忘れてその話に頷《うなず》いた。仲良しだった同級生と昔話をしているような錯覚に囚《とら》われる。

「そうそう。卒業式の日にサイン帳にサインもらって、嬉《うれ》しくて悲しくて、何日も泣いたよね」

「うん。それで、高一の夏に暑中見舞いを出したんだけど、引っ越しちゃったみたいで、ハガキが帰って来たの」

「あの時は泣いたわねえ」

勢い込んで話し合った私達は、そこではっと口をつぐんだ。

私の目の前で、私と同じ顔が泣き出しそうな表情になっていた。黙ってしまった私達を虫の音が包んでいく。

私達は、他人の空似でも、隠された双子の姉妹でもないようだ。

生い立ち、旧姓、初めて寝た男の人まで私達は確認しあった。掌《てのひら》を広げて手相と指紋を比べてみると、恐いぐらい似ていた。

信じられないが、私達はどうやら同じ人間らしい。けれど、こんな事が現実に起こるわけがないではないか。幻を見ているにしては、あまりに何もかもリアルだった。

私はそっと手を伸ばし、白いワンピースから出た彼女の腕に触れてみた。彼女は触れられた肘《ひじ》のあたりに目を落とし小さく笑う。

「お化けじゃないわ。ちゃんと生きてるわよ」

「そうよね。でも、これってどういう事なの？　私、もしかして長い夢でも見てるのかしら」

　そうか、もしかしたらこれは夢なのかもしれない。私はぼんやりそう思った。佐々木との結婚があまりにも悲しい結果になってしまったので、強い後悔がこういう夢を見させているのかもしれない。

　そこまで考えて、私は気が付いた。

　そうだ、この人は河見と結婚しているのだ。

　どういうことなのだろう。彼女と私は生い立ちはまるで同じだけれど、今は別の人と結婚し、別の場所でそれぞれの人生を送っている。では、私達が別々になったのはいつなのだろう。

「ねえ、あなたは河見君と結婚したのよね？」

「そうよ。二十三の時にね」

「私は佐々木祐介と結婚したのよ」

「そういえば、そういう人がいたわね」

　彼女はサラリと答えた。

「もしかして、私達が元はひとりの人間で……本当にもしもの話よ……どこかでふたりの人間に分かれたとしたら、その時かしら。私、二十三の時に、佐々木さんと河見君のどちらと結婚するか、死ぬほど悩んだ思い出があるの。あなたは？」

私の質問に、彼女は少し考えてから答えた。

「悩んだけど、死ぬほどでもなかった気がするわ」

「私と河見君が別れたのは新宿の喫茶店だった。桜が咲いてた記憶があるから、四月だと思うわ。覚えてる？」

彼女はこっくり頷いた。

「じゃあ、あなたはその時、河見君にイエスと言ったわけ？」

「ううん。その時は、九州に付いて行けないって言ったの。でもその晩、何故か急に後悔しちゃってね。やっぱり結婚したいって、私から河見君に電話したのよ」

膝《ひざ》に置いたカーディガンの端を指でいじりながら、彼女は小さな声でそう話した。

確か私はその晩、泣き疲れて眠っていた。どこかへ電話をかけたり、出かけたりした記憶はない。

「ドッペルゲンガーって知ってる？」

私がそう言うと、彼女は静かに顔を上げた。

「……ドッペルゲンガー？」

「前に本で読んだんだけど……分身っていうのかなあ。ひとりの人間から影みたいにもうひとりの人間が分かれて、どこか別の場所に生きてるってことがあるんだって」

「聞いたこと、ある気もするけど」

「あんまりちゃんと覚えていないけど、確かすごく難しい選択があった時に現れるって書いてあったと思う」

「究極の選択があった時に？」

不安気な彼女の顔を見ながら私は頷く。

「きっとそうだわ。佐々木さんか河見君か、どちらと結婚していいか分からなくて迷った時、私達ふたりに分かれたのよ」

私の言葉に、彼女は曖昧に笑って首を傾げた。

そうなのだろうか。

今目の前にいるのは、あの時河見を選んだ私の六年後の姿なのだろうか。

「でも、ドッペルゲンガーなんてお話の中のことでしょ。本当にいるわけじゃないんでしょ」

小さく彼女はそう言った。どこか悲しそうなその顔を見ているうちに、私も自分の意見に自信をなくしていく。

そうなのだ。ドッペルゲンガーというのは実在するものではなくて、確か精神を病んでいる人が見る幻だと書いてあった。私はもしかしたら気が狂っているのだろうか。それで、こんな訳の分からない夢を見ているのだろうか。

「佐々木さんとの生活はどう？」

呆然《ぼうぜん》としていた私に、彼女の声が飛び込んできた。急にそんなことを聞かれて私は答えに詰まる。

「どうって？」

「東京で暮らしてるんでしょう？　いいなあ。毎日楽しい？　仕事はしているの？」

私はこんなに混乱しているというのに、彼女は落ちつき払っているように見えた。

「……うん、楽しいわよ。ついこの間までデパートで働いてたんだけど、今はちょっとぶらぶらしてるの。あなたはどう？　毎日楽しい？」

「まあまあかな」

そう言って微笑《ほほえ》んだ彼女は、見るからに幸せそうだった。そのとたん胸の奥をギュッと何かに掴《つか》まれたような痛みを感じた。

「河見君は今でも板前さんなの？　そういえば、入院してたお義父《とう》さんはどう？　元気になった？」

痛みをごまかすように、私は明るく質問する。

「うん。彼はあいかわらずよ。お義父さんも今は退院して自宅療養してる。働くのはちょっと無理だけど、普通に暮らす分にはもう心配ないみたい」

にっこり笑って彼女はそう答える。そして唐突に立ち上がった。

「悪いけど、私もう家に帰らなくっちゃ」

きっぱり言う彼女を、私は当惑して見上げた。こんな状態のまま別れたくなかった。けれど、一晩中いっしょにいたところで謎《なぞ》が解けるわけでもないだろう。では何と言って別れたらいいのだろうか。

「そろそろ河見君が帰って来るから。あの人、私が黙って留守にするとうるさいのよ。分かるでしょ？」

「そういえば、そういう人だったわね」

「あなたの連絡先を聞いてもいい？」

言われて、私はハンドバッグを急いで開けた。手帳から紙を千切りそこへ住所と電話番号を書く。お互いの連絡先を交換すると、私達はゆっくり公園の出口に向かった。

「うちは駅から逆方向に行った所なの。駅まで送るわ」

「ありがとう」

私と彼女はしばらく黙ったまま坂を下りて行った。黒い街路樹のシルエットの向こうに星が幾つも瞬《またた》いている。やはり東京よりも沢山星が見えるようだ。

言わなくてはならないことや聞かなくてはならないことがもっとある気がするのに、何も言葉にならなかった。彼女もどこか思い詰めたような横顔を見せている。

「あなたは、痩《や》せたままなのね」

ポツンと彼女がそう言った。どういう意味なのかピンとこなくて、私はすぐに返事ができなかった。

「私、結婚して七キロも太っちゃったの。彼にもトドだの狸《たぬき》だの言われちゃうし」

「ああ、なんだ」

笑った彼女につられて、私もちょっと笑った。確かに私よりふっくらしているけれど、七キロも増えたようには見えない。

「そんな太ったようには見えないわよ」

「そお？　でも太ったのよ」

「幸せ太りじゃない」

私の言葉に、彼女はころころと笑った。その楽しそうな横顔から私はさっと目をそらす。彼女に向けた嫉妬《しっと》を悟られないように、私は明るく言った。

「そのワンピースいいわね。私もそういうのが欲しくて捜してたのよ。変に飾りがついてるのとか、丈が長すぎたり短すぎたりで、なかなかピンとくるのがなくて」

彼女はそこで、私の肩をポンと叩《たた》く。

「私もそう思ってたの」

「そう？」

「だから、これ自分で作ったのよ」

思わず足が止まってしまった。

「驚くことないでしょ。私達、洋裁の専門学校へ行ってたじゃない」

無邪気に微笑む彼女を、私は言葉を失ったまま見つめていた。

――蒼子B

河見蒼子は、猫背気味になって野菜を刻んでいた。がっしり大きなまな板と、よく研いだ包丁のぶつかる音がリズミカルに響く。台所の小さな窓からは西日が差し込み、彼女の白いエプロンを淡い柿色《かきいろ》に染めていた。蒼子は包丁を動かす手を止めると、菜箸《さいばし》を取ってガス台にかけてある鍋《なべ》を覗《のぞ》いた。軽くかき回して落とし蓋《ぶた》を乗せる。小さなアパートの部屋には、醤油《しょうゆ》の匂《にお》いが隅々まで漂っていた。

グラタンが食べたいな。

ふつふつと煮える南瓜《かぼちゃ》を見たとたん、蒼子は自分の食べたい物は他の物であることに気が付いた。

チーズがたっぷり乗ったオニオングラタン。それからセロリのサラダにクラムチャウダー。甘いスフレにとろっと重いエスプレッソ。

蒼子は肩をすくめて妄想を追い払った。河見はチーズも甘いものもきらいなのだ。彼が好んで箸をつけるのは焼き魚や野菜の煮物だ。洋風のものがきらいだというわけではないのだが、蒼子がたまに変わったものを作ると露骨に嫌な顔をする。俺《おれ》はお袋が作ってくれたような、普通の家庭料理が食べたいのだと河見は言った。

夫に付き合ってそういうものばかり食べているうちに、蒼子は次第に自分が何を好きだったか忘れていった。

包丁を持ったまま蒼子はぼんやり思った。そういえば、昔はクリームソースやピザが大好きだった。独身の頃はよく自分で作って食べたのに、どうして作らなくなってしまったのだろう。

振り子時計がボーンボーンと鳴る音が聞こえた。隣に住む老夫婦の、時代物の振り子時計の音だ。音は六つで止《や》んだ。蒼子は気を取り直して味噌汁《みそしる》に入れる大根を刻んだ。今日は早番だと言っていたから、あと三十分もすれば河見が帰って来るだろう。味噌汁を作ったら酢の物の用意もしなくちゃと、手を早めた時のことだった。

「いたっ」

包丁の刃が、添えた左手の中指をかすった。咄嗟《とっさ》に指をくわえると、口の中に鉄のような味が広がる。そっと指を口から離すと第二関節のあたりがざっくり切れていた。みるみるうちに傷口から血が溢《あふ》れ、千六本に切った大根に赤い染みを作った。

「何やってるのよ、もう」

小さく悪態をついて蒼子はもう一度指をくわえた。そのまま台所を出て、棚の上から片手で救急箱を取った。畳の上にぺったり座り込み傷口に絆創膏《ばんそうこう》を貼《は》る。そして新しく貼られたものと、一昨日同じように怪我《けが》をした親指の絆創膏の両方を眺めた。

「……私、どうしちゃったんだろ」

蒼子は独り言を呟《つぶや》いた。料理中に包丁で怪我をするなんてもう何年もないことだった。それなのに、続けて二回も失敗するなんてと肩を落とした。

彼女は電源の消えたテレビの画面を、見るともなく見た。

料理中だけではない。ここのところずっとぼんやりしていて、先週はテレビの上の花瓶を引っ繰り返し、その水が中まで入ってテレビが壊れてしまったのだ。その修理に八千円もかかって河見に怒られた。

今朝、河見が家を出る時、お前最近元気がないんじゃないかと言っていた。ちょっと体調が悪いのと蒼子は答えた。それは嘘《うそ》ではなかった。額の奥の方がどんより重く、微熱が続いていた。

あの人に会ってからだ。

蒼子は壁に寄りかかり、畳の上に足を投げ出した。

自分にそっくりな女に会ってから一ヵ月がたとうとしていた。あの奇妙な夜が明けた朝、彼女は昨晩のことがとても現実だとは思えなかった。けれど夢にしては記憶が生々しい。

あれから蒼子は、自分の心がここではないどこかをふわふわ彷徨《さまよ》っているような気がしていた。当たり前だと思っていた毎日の生活が、まるでテレビに映るドラマのように見える。何があっても本気で怒ったり笑ったりするのが億劫《おっくう》になっていた。

あの人も今頃東京で、こんな頼りない思いをしているのだろうかと蒼子は思った。

ドッペルゲンガーだと言った。

彼女は蒼子を、ドッペルゲンガーかもしれないと言った。分身だと言った。

蒼子はあれから図書館で、ドッペルゲンガーのことを少し調べてみた。

そのことを記述している文献は少なくはっきりしたことは分からなかったが、要するに精神的に病んだ人間が見る、自らの影だということらしい。

ドッペルゲンガーがひとりの人間の影だとすると、自分はあの人の影なのだろうか。

影は本体がなければ存在しない。では、あの人がいるからこそ、自分が在るのだろうか。あの人が死んだら、自分は朝日を浴びたドラキュラのように灰になって崩れていくのだろうか。

蒼子はスカートから出た素足を眺めてぼんやりそう思った。あの晩から、何度も何度も同じことを繰り返し考えていた。

東京から来たあの人が本体で自分が影だという考えを否定しようとしたこともあったが、蒼子はすぐそれを諦《あきら》めた。

どちらかが本体でどちらかが影ならば、たぶん自分が影なのだと蒼子は認めざるを得なかった。

蒼子は、幼い頃の記憶がとてもあやふやなのだ。どこでどう生活をしてきたかという自分自身のことは覚えているけれど、同年代の大抵の人が知っている漫画の主題歌や、世間を騒がせた衝撃的な事件を、蒼子は殆《ほとん》ど覚えていないのだ。無理に思い出そうとすると額の奥がじくじく痛んでくるので、蒼子はあまりそのことを考えないようにしていた。今では他人より記憶の量が少ないという事実さえ忘れかけていた。

自分が元々いない人間で、誰か他の人間のコピーだというのなら、その記憶の曖昧《あいまい》さの説明がつく。コピーはいくらきれいに写しても、やはり原本よりは薄いはずだから。

蒼子は絆創膏の貼られた左手を目の前にかざした。

けれど、自分はこうしてちゃんと生きている生身の人間だ。幻でもコピー用紙でもない。傷つければ血が出るし、結婚して戸籍だって持っている。

「戸籍……」

小さく蒼子は呟いた。

そうだ、戸籍だ。同じ人間の戸籍がふたつあるわけがない。戸籍を調べれば、何か分かるかもしれない。

そこまで考えた時、外から足音が近付いて来るのに気付いた。蒼子は反射的に投げ出した足を引っ込める。

玄関のドアが開く音と同時に「ただいまあ」という河見のご機嫌そうな声がした。

「おかえりなさい」

河見が部屋へ顔を出したのと、蒼子が立ち上がったのが同時だった。

「早かったのね」

「おう。ケーキ買ってきたぞ、ケーキ」

そう言って、河見はクリスマスケーキほどの大きな箱を蒼子に渡した。以前、蒼子がチョコレートケーキが好きだと言ったら、それから思い付いたように買ってくるのだ。好意は嬉《うれ》しいが、河見は円形のものをまるごとひとつ買ってくる。河見本人は決して甘いものを口に入れないので、蒼子がひとりで全部食べなければならない。一度、食べ切れずに捨てようとしたのを見つかって、思い切り殴られたことがあるのだ。

ケーキの大箱を内心うんざりして見下ろしていると、河見が蒼子の手元を覗き込んだ。

「あれ？　お前、バンソコ増えてない？」

「ん。また包丁でやっちゃった」

「ああ、気をつけろよ。体調悪いって言ってたからそのせいか？　具合が悪い時は、無理しないでいいんだぞ」

河見はそう言いながら、畳の上につっ立ったままの蒼子を抱き寄せた。

「体調が悪いって……ガキでもできたか？」

「さあ。そういうんじゃないみたい」

「そうか。まあ無理しないで座ってろ。あとはやってやっから。な？」

唇に軽く触れると、河見はジャンパーを脱いで台所へ立った。

蒼子は河見の後ろ姿と、手の中のケーキの箱を交互に見た。

結婚して六年がたつが、蒼子には河見が優しい人間なのかそうでないのか、未《いま》だによく分からなかった。


蒼子の勤める縫製工場は、駅へ続く古い商店街の裏手にあった。

工場といっても、普通の住宅を改装してミシンや断ち台を置いてあるだけの小さな町工場だ。そこでは十人ほどの人間が働いている。社長夫婦と跡取り息子の三人以外は、皆パートの主婦である。

蒼子は越して来た年からずっと、この縫製工場でパートをしていた。求人広告で見つけたこの工場を訪ねた時の驚きと戸惑いを、蒼子は今でもはっきり覚えている。

独身の頃、蒼子が憧《あこが》れていたブランドがあった。そこの服はとても高価で、思い切ってジャケットとコートを買ったらボーナスが全部なくなってしまった思い出がある。

そのブランドの服を、下請けで縫う工場だったのだ。嬉しい気持ちよりも蒼子は気が抜けた。流行の最先端をいく高価な服でも、下請けは町工場に出していることぐらい蒼子も知っていた。けれど、まさか憧れのブランドの服を生活費を稼ぐために縫うことになるとは思ってもみなかった。

「河見さん、そろそろ上がってよかよ」

ミシンをかけていた蒼子に、社長がいつもの柔らかい調子で言った。

顔を上げると、丸顔の社長と壁に掛けた大きな時計が同時に目に入る。円形のそっけないアナログ時計は、五時十分を指していた。

「ええ……でも、今日は主人の帰りが遅いから、もう少しやっていきます」

「あんた働きもんやけんねえ。ばってん、そげん根ばつめんちゃよかよ。他の奥さん達はさっさと帰りんしゃったっちゃけん」

工場がどんな切羽詰まった状態であっても、パートの主婦達は皆定時の四時で帰っていく。蒼子とて河見が早番の時は何があっても残業できないので、彼女達を責めることはできなかった。

「これ来週には納品でしょ。やれる時にやっておかないと、また社長さん、徹夜でアイロンがけですよ」

蒼子が言うと、社長は顔をほころばせた。

「そげなこつまで心配してくるっとは、あんただけやな」

黙ったまま蒼子が微笑《ほほえ》むと、社長は手に持っていた茶封筒をミシンの横に置いた。

「給料日ぐらい、仕事やらさっさとしまやかしてショッピングにでも行きんしゃい」

ショッピング、という無理した言い方が可笑《おか》しくて蒼子はクスクス笑い出した。

「はい。じゃあ、そうします」

「来月もよろしゅうお願いしますばい」

蒼子が仕事に区切りをつけて工場を出ると、外はもうすっかり日が暮れていた。惣《そう》菜《ざい》の匂いがする明るい商店街を歩き、蒼子はファーストフードの店に入る。コーヒーとハンバーガーを買って窓際の席に座ると、バッグの中から給料袋を取り出した。

封筒を破って中のお金を数える。袋に表書きされた金額と同じことを確認すると、蒼子はお金を袋に戻した。

十時から四時、それも週四日では大した金額にはならない。もっと働きたいのだが、河見がそれ以上働くことを許さなかった。河見は本来ならば女房を働きになど出したくないのだ。しかし、彼は久留米に住む両親に毎月仕送りをしていた。その上車を買った借金もある。唯一の趣味である釣りもやめるつもりはない。そうなると、河見の稼ぎだけでは貯金どころか家賃さえも払えない月がある。自分の不甲斐《ふがい》なさが原因なので、河見は蒼子が外に出ることをしぶしぶ許していた。

蒼子自身は、事情はどうであれ、働きに出られるのは有り難かった。

蒼子は今の仕事が好きだった。

社長一家は穏やかで親切な人達だし、パートの仲間達も明るく賑《にぎ》やかだ。蒼子は十歳以上年上の婦人達に可愛《かわい》がられていた。それは蒼子が、どんな愚痴も噂話《うわさばなし》もにこやかに頷《うなず》いて聞くからだった。そして何より蒼子は洋裁が好きだった。それも憧れのブランドの服を縫う仕事である。今ではそのブランドの服を買うことは経済的に無理だが、安い生地を買ってきてはデザインを真似《まね》て自分用に縫う楽しみもある。

蒼子はハンバーガーの包みを開け、両手に持って食べ始めた。河見はジャンクフードをとても嫌っているので、蒼子はひとりの時でないとこういう店に入ることができない。まるで買い食いをしている小学生のようだわと、蒼子はひとりで微笑んだ。

河見が遅番の日は、パートの帰り道に蒼子は寄り道をする。ハンバーガーを食べたり、スーパーの婦人服売り場をうろつくだけだったが、蒼子にはそれがとても楽しみだった。そして家に戻って河見が帰って来るまでの数時間を、テレビを見たり週刊誌をめくったりして過ごすのだ。

食べ終わって店を出ると、週刊誌でも買おうと、蒼子は本屋に向かった。商店街の小さな書店の棚は、殆どが雑誌と漫画で占められている。申し訳程度に置いてある新刊のコーナーで蒼子は珍しく足を止めた。

蒼子は翻訳物の単行本を一冊手に取った。帯を読むと、以前河見といっしょに見たホラー映画の原作だった。河見は大袈裟《おおげさ》に恐《こわ》がって見なければよかったと言っていたが、蒼子にはとても面白い映画だった。蒼子は文庫本が三冊は買えるその本の値段に少々迷ったが、結局雑誌を買うのをやめてその本を買った。

家に戻った蒼子は、お茶を淹れて早速本を読み始めた。映画を見て筋を知っているせいか、ぎっちり詰め込まれた文字を驚くほどすらすらと読むことができた。

首と腰の疲れに気が付いて、蒼子は本から目を上げた。テレビの上に置いてある目覚まし時計を見た。読み始めてからたっぷり二時間がたっていたことに気が付き、蒼子は驚いた。

夢中で本を読んだ興奮がまだ頬《ほお》のあたりに残っている。蒼子は本を閉じて首をゆっくり回した。

こんなに集中して本を読んだのは久しぶりだと蒼子は思った。考えてみれば、結婚してからまともに本を読んだことなどなかった気がした。独身の頃は話題になった新刊には一通り目を通したし、映画館にもしょっちゅう通っていた。映画を見ることなど今では一年に一度ぐらいになっていた。

服への興味は昔から変わらないつもりでいたが、よく考えてみれば蒼子は今ではファッション誌を買わなくなっていた。目を通す雑誌といえば、芸能人のゴシップが載っている女性週刊誌ばかりになっていた。

何故自分は、以前好きだったものから興味をなくしていたのだろうと蒼子は思った。生活に追われていたことは事実だが、それだけの理由でこうも簡単に忘れてしまえるものだろうかと蒼子は首を傾《かし》げた。

何故、忘れていたのだろう。

そして何故、突然思い出したのだろう。

蒼子は炬燵《こたつ》兼用の低いテーブルに肘《ひじ》をついて、ゆっくり部屋の中を見渡した。

この部屋だってそうだと蒼子は思った。

実家を出たばかりの頃もこういう古いタイプのアパートに住んでいたが、なるべくセンス良く暮らそうと工夫していた。カーテンも電気の傘も、あんな安っぽい花柄ではなくすっきりしたものを付けていた。いくら河見がどこかからもらってきた物だといっても、ガラスケースに入った藤娘《ふじむすめ》なんか絶対飾らなかったのにと、蒼子は洋服簞《だん》笥《す》の上の人形を見上げた。

河見がいなければ、もっと自由になれるのに。

蒼子は最近そう思うようになっていた。河見さえいなければあの縫製工場の社員にしてもらって、もっともっと仕事ができるのに。そして、好きな時に好きなものを食べて、自分で稼いだお金で好きなものを買うのに。映画を見て、本を読んで、好きな所へ旅行へ行くのに。

そう思う度に、蒼子は不思議な気分にさせられた。

何故、今まで自分はそう思ってこなかったのかが不思議だった。河見は結婚前からああいう人間だったし、何年たってもちっとも変わらない。自分はそれを承知で結婚して、それから六年もの間、特に何も不満に思ったことがなかったのだ。

何故だろう。

何故今まで何も思わず、六年もたった今になって、急に不満ばかりが湧《わ》いてくるのだろう。

東京から来たもうひとりの蒼子は、結婚をする時、佐々木か河見か死ぬほど悩んだと言っていた。佐々木のことは覚えているけれど、自分にはそれほど好きだった記憶はない。

よく考えてみると変だった。確かに河見にプロポーズされた時、蒼子は一度断っていた。その後、強烈な後悔が襲ってきて、蒼子はやはり河見に付いていくことに決めたのだ。何故、佐々木のことがそれほど好きではなかったのに、河見の求婚を断ったのか。そして何故、一度断ったものを撤回したりしたのか分からなかった。

思い出そうとすると、頭の芯《しん》がまたじくじくと痛んでくる。蒼子は額を押さえて首を振った。

どうして河見に付いて九州まで来てしまったのだろう。そして何故、今まで何の疑問も持たず、河見の世話をし、パートに行き、河見の両親に呼ばれれば憂鬱《ゆううつ》ながらも出かけて行って家事を手伝ったり愚痴を聞いてあげたりしていたのだろう。自分と同じ顔と同じ名前を持った女のことを、蒼子は考えた。痩《や》せていた頃の自分のからだを持ち、Tシャツにジーンズでもどこか垢抜《あかぬ》けていた。生活の匂《にお》いというものがなく、二十九歳には見えなかった。まるで女子大生のように溌剌《はつらつ》として見えた。

あの晩、駅への道を並んで歩きながら、東京での生活を楽しそうに語っていた。子供はと聞くと、作らないつもりだとケロリと言っていた。

蒼子は、もうひとりの蒼子をうらやましく思った。

自分のことを、蒼子は決して不幸だとは思っていなかった。どちらかというと幸せな部類に入るのではないかとさえ思っている。

河見は時々暴力をふるうが、普段は蒼子にとても優しかった。ふたりで飲みに出かけたり、店のチームのソフトボール大会に参加させてもらう時などは、心の底から楽しくて幸せだった。河見の両親もたまに厭味《いやみ》を言うが、基本的には好意を持ってくれていると思う。パートも楽しいし、庶民的なこの町が蒼子は好きだった。

けれど、蒼子は東京で暮らすもうひとりの蒼子がうらやましいと思った。

もうひとつの人生、もうひとつの選択が、過去にあったのだということに蒼子は気が付いた。しかし、その芽は自分ではないもうひとりの自分が持って行ってしまった。

そう考えると、蒼子は軽い憤りを感じた。見方を変えれば、この河見との生活は、東京で暮らす蒼子から押しつけられたものであるとも言えるのではないか。二台ある自転車のぴかぴかの方をあちらの人が先に乗って行ってしまったので、自分は仕方なく残された錆《さび》だらけの自転車に乗って人生を走っているのではないだろうか。

薄い壁の向こうで振り子時計が鳴る。十一回で音が止んだ。

ひとりきりの気楽な時間がそろそろ終わる。胸の奥にしまってあった憂鬱が、次第に重くなってくるのを蒼子は感じた。

河見は遅番の時、酔って帰って来ることが多い。酔っている時の河見は、それこそドッペルゲンガーではないかと思うほど人が違う。

普段蒼子の前では使わない博多弁でわめき散らしたかと思うと、涙を溜《た》めて蒼子の膝《ひざ》にすがりつくこともある。油断してうっかりしたことを言うと、いきなり頬を張られることもある。それでも蒼子は何故か河見を憎めなかった。それは酔いの覚めた時の河見が、あまりに哀れに謝るからなのかもしれない。

悪気がないのは分かっていても、酔って帰って来る河見を迎えるのは気が重かった。酔っている時の河見は、いくら拒んでも蒼子のからだを求めてきた。半端に酔って帰って来るぐらいなら、どこかで泥酔していてくれた方がいいと蒼子は思った。

河見は子供を欲しがっていたが、結婚して六年がたっても蒼子には子供ができなかった。河見の母親は、そのことで時々蒼子に厭味を言った。跡取りも産めない女を嫁にもらうんじゃなかったと言われても、蒼子は別段悲しみも憤りも感じなかった。

蒼子はそれほど子供が欲しいと思ったことはなかった。できないならできない方がいいと思っていたので、なるべく排卵日のそばは河見を近付けないように気を付けていた。しかし、完璧《かんぺき》に自分を守ることは不可能だった。酔っぱらった河見にはどんな言い訳も通用しないのだ。

だから、いずれできるだろうと諦《あきら》めていたのだが、六年たった今でも蒼子が子供を宿すことはなかった。

蒼子はリモコンを手に取りテレビを点《つ》けた。画面には銀座の街が映っていた。マイクを向けられた若い女性が、理想の結婚について話していた。

楽しげに話すOL風の女性を見ていると、蒼子は佐々木蒼子のことを思い出した。

あの人も、あんな風だったと蒼子は思った。

充実した人生を送るためには結婚などしない方がいいのかもしれませんねと、インタビューされた女性が答えた。その笑った口許《くちもと》がもうひとりの蒼子と重なった。

悠々自適とはああいう人のことを言うのだろうと蒼子は思った。あの人は、これからどんなことでもできる。誰にも何にも邪魔されず、どんな人生を作ることも可能なのだ。

蒼子の人生は、もう先が見えていた。

いずれ河見の子供を産み、その子を育てて年を取るのだ。もし子供ができなかったとしても、自分は河見から逃げることはできないのだと蒼子は溜《た》め息をついた。

そのとたん、電話が鳴り出した。ぎくっと震えて蒼子は電話機を振り返る。

半年ほど前、酔った河見が通りすがりのサラリーマンに喧嘩《けんか》を売って、警察から引き取りに来てくれと電話があったことが脳裏をよぎった。また河見が何かやったのだろうかと思いながら蒼子は電話を取った。

「あの、河見蒼子さん？」

ためらいがちな女性の声がした。蒼子は咄嗟《とっさ》に声の主を判断できなかった。

「この前お会いした、佐々木蒼子です。こんな時間にごめんなさい」

彼女だった。声が自分の声に似ているようには聞こえなかった。

「ああ、うん、元気？」

何と言ったらいいか分からなくて、蒼子は口ごもってしまう。

「実は相談というか、提案があるんだけど、怒らないで聞いてね。あのね」

電話の向こうで、彼女が何やら早口で説明するのをぼんやり聞く。

結局何が言いたいのだろうと、蒼子が首を傾げ始めた時、もうひとりの蒼子はこう言ったのだ。

「一ヵ月だけでいいから、私達、入れ替わって暮らしてみない？」

——蒼子A

話の途中で電話を切られてしまい、私は眉《まゆ》をひそめてコードレス電話の子機をベッドの上に放った。

どうやら途中で河見が帰って来たらしく、彼女は「明日電話するわ」と早口に言って電話を切った。何もそんなに慌てることはないのにと、私は唇を尖《とが》らせる。

そういえば結婚した知人は皆、夫が帰宅すると、話の途中でも慌てて電話を切ってしまう。

「主婦はやあね」

そう呟《つぶや》いて立ち上がったとたん、自分もその主婦であることに気が付いた。けれど、私が誰と長電話をしていようと、夫は私を責めたりはしない。結婚したばかりの頃は、それは彼が寛大な人間であるからだと思っていたのだから笑ってしまう。

夫は私にまるで関心がない。結婚して一年がたった頃、私はそのことに気が付いた。彼は結婚する相手などきっと誰でもよかったのだ。

私はスリッパをひっかけ、パジャマのままキッチンへ向かった。レンジで牛乳を温めそこにコーヒーリキュールを入れた。ホットミルクのカップを持って、自分の部屋に戻る。ついこの間までタンクトップで過ごしていたのに、パジャマだけでは肌寒く感じた。いつの間にか季節は変わったらしい。クローゼットからカーディガンを引っ張り出して羽織った。

夫はまだ帰って来ていない。今晩、帰宅するかどうかも私には分からない。ベッドに座って、私はリキュール入りのミルクをちびちび啜《すす》った。ひとりきりの夜は慣れたものだった。

ベッドの上に転がしたままだった電話の子機を、私はミルクを飲みながら眺めた。慌てて電話を切った河見の妻は、今頃夫のために夜食でもこしらえているのだろうか。

「……あの人、本当にいるんだわ」

独り言を呟いて、私は熱いミルクを啜った。

もうひとりの私が、この世に存在すること。それがくっきりとした実感になって胸に残った。

福岡でのあの晩の出来事が、私にはなかなか現実に起こった事だと実感できなかった。顔もからだも、名前も生い立ちも同じ人間がもうひとり存在するなんて事が、そうすんなり信じられるわけがない。けれど、私の手の中には一枚のメモが残された。私はそのメモを手に取る。福岡市で始まる住所と電話番号。そして〝河見蒼子〟という名前。字の癖も私のものとよく似ていた。

もしかしたら、こんな電話番号は存在しないのではないかという期待と不安を感じながら、私は思い切って電話をかけてみた。

彼女はいた。

もうひとりの蒼子は、本当に博多で暮らしているのだ。それも、河見と結婚をして。狸《たぬき》か狐《きつね》に化かされて見た夢のようだった記憶が、確かな輪郭を持った。夢ではないのだ。名前も生い立ちも顔も同じ人間が、本当にこの世に存在しているのだ。

その実感は、重く苦しく胸に淀《よど》んだ。

正しい選択をした私が、違う土地で幸福に暮らしている。知らなければ知らないで済んだことなのに私は知ってしまった。もうひとつの人生、それも正しい人生が、別の場所で営まれているのだ。私は選び間違えた。きれいな見かけに騙《だま》されて、私は欠陥車を選んでしまったのだ。埃《ほこり》をかぶっていたもう一台の車こそ、人生を快適に走り切る性能のいい車だったのだ。

しんと沈んだひとりの部屋に、突然ガチャリと鍵《かぎ》の開く音が響いた。私はドアを振り返る。玄関の鍵《かぎ》の開く音だ。その後、夫が靴を脱いで玄関を上がる気配がした。足音は私の部屋の前を通り過ぎリビングの方へ消えていく。

出て行こうかどうしようか私は迷った。私達はもう何年も前から寝室を別にしているので、どうかすると一週間以上顔を合わさない時がある。そういえば、この前佐々木の顔を見たのはいつだったか、すぐに思い出すことができなかった。

迷った末、私は立ち上がった。空になったカップを持って廊下へ出る。リビングを覗《のぞ》くとキッチンのカウンターに立っている佐々木の背中が見えた。

「お帰りなさい」

声をかけると、彼はこちらを振り返った。彼の手にはフライパンが握られている。

「やあ……起きてたの？」

ワイシャツにネクタイ姿のまま、佐々木はバツが悪そうに微笑《ほほえ》んだ。

「おなか空いたの？　言ってくれれば何か作るのに」

「起こしちゃ悪いと思ってさ」

コンビニの袋からはみ出た冷凍ピラフをちらりと見て、私はソファに腰を下ろした。佐々木は私に料理さえ期待していないのだ。

テレビのスイッチを入れ黙って座っていると、カウンターの奥からピラフを炒《いた》める音が聞こえてくる。ほどなく皿とビールを持った佐々木がこちらにやって来た。斜向《はすむ》かいに座った彼は、テレビのスポーツニュースを見ながら黙々と食事をした。持ってきたグラスはひとつ。いっしょにビールを飲もうという発想も、もはや湧《わ》かないようだ。

「仕事、忙しいの？」

〝黙りっこ〟に負けたのは私だった。いつだってそうだ。佐々木は何も言わない。彼がその気なら私も黙っていようと思うのだが、結局沈黙が耐えられなくなる。

「そうでもないよ」

眼鏡の奥の瞳《ひとみ》が柔和に細められた。けれど、それが見せかけの優しさであることを私はとっくに知らされていた。

「そうでもないのに、泊まり込みが続くわけね」

厭味《いやみ》を言うつもりはなかったのに、つい刺《とげ》のある台詞《せりふ》が零《こぼ》れた。当然、佐々木は何も答えない。聞こえなかった顔でグラスのビールを飲み干す。

「いっそ、あちらへ引っ越したら？　私は止めないわよ」

いつもだったら、黙り込んだ佐々木に重ねて厭味を言ったりはしない。けれど、今日はとても気持ちが苛《いら》ついて、自分を止めることができなかった。テレビに向けられた夫の横顔を私はじっと睨《にら》みつける。

「聞いてるの？　返事ぐらいしてもいいんじゃない？」

「もう寝るよ」

皿とグラスを持って佐々木が立ち上がる。私は泣きたい気持ちで彼を引き止めた。

「ねえ、待って。どうして何も言ってくれないの？」

「何が？」

とぼけたその声に、カッと頭に血が上る。

「別れたいのなら別れましょうよ。あの人のことが好きなんでしょう？　どうして、そうしないの？」

佐々木はそらした視線をやっと私に向けた。そして静かに言う。

「君は本当に別れる気があるのか？」

まっすぐに見つめられて、私は戸惑いがちにうつむいた。

「あるわ」

「じゃあ、離婚届を書いて持ってきてくれ」

柔らかい言い方だったが彼の目は本気だった。膝《ひざ》の力が抜けて、私はソファにへなへなと座り込む。

佐々木がリビングを出て行く足音を聞きながら、私は震える唇を噛《か》んだ。彼は知っているのだ。私が本当は別れる気などないことを。この生活を捨てひとりで生きていく勇気のないことを。

佐々木には恋人がいる。

その人に、私は一度だけ会ったことがある。佐々木と結婚をして一年ほどたった頃、偶然会ってしまったのだ。

偶然というのは本当に恐《こわ》い。暇に任せて通っていた料理教室で、同じ班だった女性達の中にその人がいたのだ。教室の帰り、たまたまその人とふたりきりでお茶を飲むことになった。もちろん、まさかその人が夫の愛人だとは思いもしなかった。

私が名乗ったとたん、その人の顔が真っ青になった。まさか祐介さんの奥さん、と呟いて水の入ったグラスを倒した。見ていて心配になるほどその人は動揺し、動揺のあまり本当のことをベラベラ告白したのだ。

その人は私よりふたつ年上で、そして人妻だった。けれど、その人は女性というよりは女の子という表現の方がピタリとくる人だった。少年のように短く刈った髪で、あっさりとした綿のシャツを着込み、女臭さがまるでない人だった。

その人は、佐々木と幼なじみだと言った。子供の頃から恋人で、けれど色々な事情で少しの間別れてしまい、自棄《やけ》を起こして他の人と結婚したが、それもうまくいかず今は別居状態にあると言った。色々な事情というのをいちいち細かく喋《しゃべ》っていたが、ほとんど右から左へ抜けていった。とにかく、好きあっているふたりがちょっとした間違いから別な人と結婚してしまい、泥沼状態にあるらしかった。

私はその頃、佐々木の態度がどうも煮え切らないものであると気が付いていたので、何だそういうことだったのかと変に納得した。佐々木は私が好きで結婚したのではなかったのだ。その人を忘れるために、私を使ったのだ。

終《しま》いには、喫茶店の中でその人はしくしく泣き出した。そして、あなた達の邪魔はしないから、私と佐々木が友人でいることを許してほしいと頭を下げた。

今思えば、私はその時佐々木を責めるべきだったのだろう。けれど、私は面と向かって彼を責めることができなかった。私は恐かったのだ。彼の痛い所をついて、その結果、佐々木が私を捨ててその人の所へ行ってしまうような気がしたのだ。私は見て見ぬ振りをすることを選んだ。そのうち収まるところへ収まるのではないかという甘い期待と、自分から争いを起こすことを恐れて。

しかし、それはふたりを気兼ねなく会わせる結果になった。佐々木の無断外泊が頻繁になり、私はとうとう調査会社に彼のことを調べさせた。佐々木は時間をやり繰りしては彼女の部屋へ通っていることが分かった。

それでも依然、私達は夫婦でいた。佐々木は自分の身勝手さを自覚してか、はっきり私に離婚しようとは言わなかった。私も彼と別れる決心がつかなかった。自分でも情けないが、厭味を言うぐらいしかできることがなかった。

確かに離婚を考えた時期もあった。だから働かなくてはとデパートへ勤め始めた。ところが勤め先で恋人や遊び友達ができると、佐々木とのすれ違いの生活をそれほど悲しいものとは思わなくなってきた。慌てて離婚をする必要を私は感じなくなった。佐々木はとりあえず私に生活費と自由な時間をくれる。都心のマンションでの何不自由ない生活。新しくできた恋人。私はそれで、まあまあ満足してしまったのだ。

けれど、お金や不倫で気を紛らして生きていくことの虚《むな》しさに私は気が付いた。私が本当に求めていたものは、新しい恋人でも気ままな暮らしでもない。私が欲しいものは、もうひとりの私が持っているようなちゃんとした生活なのだ。愛する人に愛され、やがては子供を作って老いていく、まっとうな人生。

福岡で出会ったもうひとりの私に、私は強い嫉妬《しっと》を感じた。だから、佐々木との生活が楽しく幸福だなどと嘘《うそ》をついたのだろう。彼女は幸福そうだった。とても私の方は不幸なのよとは言えなかった。

一度だけでいい。平凡でまっとうな幸福を味わってみたかった。選び間違えた人生の、正しい方向はどういうものであったか見てみたかった。

人はふたつの人生を生きることはできない。けれど、どういう訳か私にだけそのチャンスが与えられたのだ。

河見のそばで生活する。

考えただけでも胸が高鳴った。期待と不安が胸を圧迫する。

私は何も、彼女の生活を自分のものにしようとしているのではない。ただ一度でいいから、河見との生活を体験してみたいだけなのだ。

ひとりで興奮している自分に気が付き、溜《た》め息とともに膝を抱えた。

一ヵ月だけ入れ替わって生活してみない、と恐る恐る提案すると、彼女は一瞬黙った。そして「そういうのも面白いかもね」と呟いていた。口ではそうと言いながらも、反応が鈍かった。明日の電話では、断ってくるかもしれない。考えてみれば、あちらの蒼子は幸せに暮らしているのだから、何も入れ替わって違う人生を覗いてみる必要などないだろう。

あまり期待しないことにしようと、私は自分に言い聞かせた。リビングの電気を消し自分の部屋に戻る。ベッドに潜り込んで固く目をつぶり、無理矢理自分を眠りに引きずり込んだ。

翌朝、ベッドサイドの電話の音で私は目を覚ました。反射的に枕元《まくらもと》の時計を見ると、十時少し前を指している。

「朝っぱらから誰よ……」

そう呟《つぶや》いたとたんに、電話の主に思い当たって慌てて起き上がった。

「あの……河見ですけど」

おずおずと彼女の声が聞こえた。

「お、おはよう」

「まだ寝てた？　起こしちゃったかな」

「ううん、平気。起きてたわよ」

寝ぼけた声を隠そうと、私は必死に元気を装った。

「あのね、昨日のことなんだけど……」

彼女の声が、車の轟音《ごうおん》にかき消される。公衆電話からかけているようだ。

断られるのを感じて、私は努めて明るい声を出した。

「うん、いいのよ。よく考えてみたら、いくら何でも無茶よね」

「無茶かしら、やっぱり」

「え？」

「一晩考えたんだけど、それ、やってみない？　せっかく私達瓜《うり》ふたつなんだから、少しの間入れ替わってみるのも面白いかと思って」

私は自分の耳を疑った。まさか、こんな簡単に承諾してくれるとは思ってもみなかったのだ。

「本当に？」

「うん。でも、どうしたらいいのかしら。いくら私達がお互いのことよく知ってるって言っても、結婚した後のことは、知らないわけだし」

「それは教えあえばいいのよ」

「そりゃそうだけど」

「とにかく、一度会いましょうよ」

嬉《うれ》しさのあまり勢い込んで言うと、彼女は電話の向こうで少し黙った。

「でも、私東京には行けないわ。河見君が、泊まりがけで出かけるなんて、許してくれるわけないし」

「あら、私がそっちに行くわよ。あ、そうだ、広島は？　広島ならそんなに遠くないでしょ」

「広島？　どうして？」

どうして広島なんて地名が出てきたのか、彼女は見当が付けられないようだ。

「お父さんの所よ。それとも、あなたのお父さんはどこか他の所に住んでるの？」

私は近いうちに、父親の住む広島へ行ってみようと思っていたのだ。どうせならそこで落ち合えばいい。

彼女はしばらくの沈黙の後呟いた。

「お父さん、広島にいるの？」

「もしかして、知らなかったの？」

「うん。だって、あれっきり会ってないから」

あれ、というのがいつのことだか、すぐピンときた。十八の時、大喧嘩《おおげんか》をして実家を飛び出した時だ。それから私は父親を拒否し続けた。さすがに結婚する時に一度連絡を取って式には出てもらったが、殆《ほとん》ど話らしい話もしなかった。

「結婚した時は？　お父さんに連絡しなかったの？」

私が聞くと、彼女は即座に答える。

「しないわ。だって、あんな人父親だと思わないことにしようって決めて、家を出たんじゃなかったの？」

「そうだったわね」

私と彼女は、電話の向こうとこちらで黙り込んだ。同じ苦い思い出を、私達は噛《か》みしめた。

「佐々木さんは、お父さんと連絡を取ってるの？」

彼女がそう聞いた。

「結婚式には出てもらったけど、それっきりよ」

「そう。元気だった？」

「あいかわらずよ」

「アルマジロ？」

「そう。アルマジロ」

私達はそう言って笑いあった。昔、私は父をこっそりそう呼んでいたのだ。

「でも、どうして広島なんかに？　転勤？」

「あの後妻さんの実家よ。サラリーマンやってたって課長止まりなんだからって言いくるめられて、実家でやってる金物屋かなんかを継がされたみたい」

「お父さんらしいわね」

「そうでしょ」

笑いが収まると、彼女は言った。

「もう、そんなに恨んではいないけど、でもできれば二度と会いたくないなあ」

「それは私だってそうよ」

「じゃあどうして、今更お父さんに会いに行くの？」

彼女の素朴な質問に、私は少々呆《あき》れた。

「ねえ、あなたさ。本当に私達同じ人間なんだと思う？」

「さあ……分からないわ」

「でしょう。私だって半信半疑なわけよ。生い立ちや名前が同じだっていうのは不思議だけど、私達別々なからだを持って、それぞれ違う生活をしてる別な人間なわけじゃない。もしかしたら私達、それこそ双子なのかもって考える方が自然でしょ。親戚《しんせき》もいないし、私達が生まれた時のこと知ってるのはお父さんしかいないんだから、聞いてみるのが一番でしょ。私だって今更お父さんに会いたいなんて思わないけど、でも、何か分かるかもしれないじゃない」

彼女はまた口をつぐむ。

どうも、同じ人間にしては反応が鈍い気がした。私はどちらかというとせっかちで早口だ。けれど、彼女は何を聞いても返事が遅い。やはり田舎で暮らしているとのんびりした性格になってしまうのだろうか。

「そうね。お父さんに会ってみようか」

そのうち、彼女はぽつんとそう言った。

「来週ちょうど、河見君、泊まりがけで釣りに行くのよ。その時でいい？」

「もちろん。私は毎日自由だから、都合あわせるわ」

「あ、ごめんなさい。これからパートでもう時間がないの。またこっちから電話するわ」

そう言うと彼女は電話をガチャリと切った。昨日と同じ、少々乱暴な電話の切り方にムッとしながら私も受話器を置いた。

けれど、そんな些細《ささい》な不機嫌はすぐ消えてしまう。

退屈で孤独だった毎日が、どういう方向であれ転がり始めたのだ。

私はベッドの上で朝の光を浴び、うーんと伸びをした。

翌週、私は広島へ向かった。

会いに行くことを父親に電話しようかどうしようか最後まで迷ったけれど、結局私は連絡をしなかった。下手に行くことを告げて、逃げられては困ると思ったのだ。

新幹線での長い退屈な時間を、私はなるべく何も考えないようにして過ごした。雑誌を読みあさり、サンドイッチを食べ、音楽を聞きながら居眠りをした。考えまいとしても、ちょっとの心の隙《すき》をつくように父の顔が頭をよぎった。

披露宴《ひろうえん》が終わると、逃げるように帰って行った父。その背中を見送って、次にお父さんに会うのはあなたのお葬式ねと心の中で悪態をついた。こんなことがなければもう二度と会う気はなかった。

父のことを考えるぐらいなら、もうひとりの私について考えようと私は努めた。

もうひとりの蒼子は、どういう気分で父の住む街に向かっているのだろう。彼女が私の分身であるのなら、やはりやり切れない思いを抱えているに違いない。

しかし彼女はいい。求めて止《や》まなかった他者からの愛情を、彼女は得ることができたのだ。私は肉親からも他人からも、突き放されたままなのだ。考えまいとしても結局いろいろ思い悩んでしまい、私は憂鬱《ゆううつ》な気分のまま新幹線を下りた。

街の中心にあるホテルを私は予約してあった。そこで彼女と待ち合わせをしているのだ。まだ約束の時間まで一時間以上あったので、私は目についたデパートを見て回ることにした。

地下の食品街から一階のバッグやアクセサリー、そして階が上がるほど高級になっていく服を見る。東京で売っているものと何ら変わらないことは分かっていても、知らない土地へ来ると私はデパートや大きなショッピング街を見物する。地下から始めて上へ上がるコースもいつもの通りだ。そして最後に屋上のペットショップをひやかして、外のベンチで休むのだ。

いつものコースを辿《たど》り屋上へ上がると、動物の匂《にお》いがプンとした。案の定ペットコーナーがあった。積まれた銀のケージでは子犬がはしゃいだり眠ったりしている。檻《おり》の間を縫うように歩いて行くと、床に置かれた水槽の前にしゃがんでいる、髪の長い女性が目に入った。見覚えのある後ろ姿に私はどきんとする。

後ろから近付いて行って横顔を覗《のぞ》き込むと、やはり彼女だった。緑亀《みどりがめ》を指でつついてクスクス笑っている。自分の娘を偶然見つけたような微笑《ほほえ》ましい気分になった。

「蒼子ちゃんっ」

子供の声を真似《まね》てそう呼ぶと、彼女は飛び上がらんばかりに振り向いた。

「あ、さ、佐々木さあん」

「何やってるの？」

「驚かさないでよぉ。ああ、びっくりした」

胸を押さえて彼女は肩で息をつく。その様子が可愛《かわい》らしくて、私は声を出して笑った。彼女も私に笑われて照れくさそうに微笑んだ。

「こんな所で会うなんて驚いたわ。随分早く着いたのね」

笑いながら聞くと、彼女はこっくり頷《うなず》いた。

「ひとりで遠出するなんて久しぶりだったから、嬉しくてすごく早く来ちゃったの」

「それでデパート見物？」

「趣味だもの。そうでしょ？」

同意を求められて、私は肩をすくめた。

「別に偶然じゃないってわけね」

「どうかしら。ねえ、喉《のど》渇かない？　ジュースでも飲もうよ」

そう言ったかと思うと、彼女はスカートを翻して駆け出した。そのはしゃいだ様子を私はポカンと見送る。ジューススタンドの前で手を振る彼女はまるで子供のようだった。

平日のデパートの屋上は、秋の日差しにきらきら光っていた。人工芝の緑、幼児用の乗り物の赤や黄色、青空にみかん色のアドバルーン。溢《あふ》れる色と反対に、音がなかった。幼い子供と母親の姿がちらほら見えるが、不思議なことに屋上中がしんと静かだった。

水玉模様のベンチに私達は腰を下ろした。

「いい天気ねえ」

彼女は顎《あご》をピンと上げて、空を見上げる。

「そうね」

紙コップのコーラを飲みながら、私は小さく答える。何も心配事がなければ確かにウキウキするようないい陽気だ。

「どうしたの？　元気ないじゃない？」

私の方をくるりと向いて、彼女がそう言った。

「あなたは元気みたいね」

「だって、こんな遠くまで来たの、本当に久しぶりなんだもん」

「旅行とかしないの？」

「そういえば新婚旅行に行ってから、旅行らしい旅行してない気がする。あ、去年河見君と別府温泉に行ったっけ」

私は半年に一度ぐらいは旅行へ出ている。海外ももう何度行ったか分からない。別の人と結婚しただけで、こうも違ってしまうものかと私は思った。

「お父さんとは何時にどこなの？　ねえ、時間が余ったら少し観光しようよ。広島城って近いのかしら。安芸《あき》の宮島は？」

無邪気に聞いてくる彼女を、私はちらりと横目で見た。

「まだ連絡してないのよ。これから電話するの」

「え？　そうなの？」

「知らせておいたら、あの人、逃げちゃうんじゃないかと思って」

私の台詞《せりふ》を聞いて、彼女の顔からするする笑顔が消えていった。

「そう言われればそうね」

しゅんとした彼女を見て、私は小さい子供を苛《いじ》めたような気分になった。

「ま、いいわ。嫌なことは早く済ませて、どこか遊びに行きましょうよ。ね？」

明るく言うと、彼女はすがるような目で私を見る。そして子供のようにこっくり頷いた。


ＪＲとバスを乗り継いで、父が住む町まで四十分ぐらいで着いた。何年も前の年賀状の住所を頼りに父の家を捜す。小さなアーケード街の中に、どうやらその金物屋を見つけることができた。中をそっと窺《うかが》い見ると、デニムのエプロンをしている父が見えた。

私と彼女は商店街の入口にあった喫茶店に入り、父の家に電話をかけた。直接行かずに呼び出すことにしたのは、義母に会いたくなかったからだ。

幸いにも電話口には義母ではなく父が出た。今近くの喫茶店に来ていると告げると、彼は可哀相《かわいそう》なぐらい動揺していた。それでも父は「すぐ行く」と言って電話を切った。

「どうだった？」

テーブルに戻ると、彼女が心配そうに聞いてくる。

「うん。すぐ来るって」

「私達のこと見たら、びっくりするでしょうね」

そう言われて私は少し考えた。確かにそうだ。ひとりのはずの娘が急にふたりに増殖して現れたら、ただでさえ気の弱い父は卒倒するかもしれない。

「どっちかは隠れてた方がいいかもね」

「……私、隠れてようか」

不安気に彼女はそう言う。どちらかが隠れるのならば当然自分だと思っているその態度に私は少々ムッとしたが、文句は言わないでおいた。何もかも私にやらせようとしているのは気に入らないが、確かに彼女に任せておくのは不安だ。同じ人間にしてはどうも彼女は頼りなく感じる。

「後ろにいたらどうかしら」

あたりを見回し、私は真後ろのテーブルに誰も座っていないことに気が付いてそう言った。

「え？」

「私と背中合わせに座ってごらんなさいよ。そしたら、近いから話も聞こえるし、お父さんから見えないでしょ」

　私に言われて、彼女は立ち上がった。店の入口を向いている私と背中合わせに、彼女は腰を下ろす。やたら広いわりには客の入っていないその喫茶店で、私達の不審な行動を気に留める人はいないようだった。

「どう？　声、聞こえる？」

　背中合わせのまま、私はそう言ってみた。

「大丈夫、聞こえるわ。なんか探偵ごっこみたいで面白い」

　いい気なもんねと思いながら、私は胸ポケットに入れてあったサングラスを彼女に渡す。彼女がクスクス笑ってそれをかける気配がした。

　その時、喫茶店の自動ドアが開いた。おどおどと店の中を覗き込む父が見える。

「来たわよ」

　後ろの彼女にそう囁《ささや》くと、私は父に右手を上げた。私に気が付いた彼は、顔を曇らせたままこちらへやって来る。

「突然来て、ごめんね」

　無言のまま正面に腰を下ろす父に私はそう言った。父はもごもご何やら口の中で呟《つぶや》く。少し太ったのと頭のてっぺんが淋《さび》しくなったこと以外は昔通りの父だった。動物園の熊《くま》のような無気力な瞳《ひとみ》に丸めた背中。

「久しぶりだけど、元気だった？」

「ああ……お前も元気か？」

「うん」

　そこでウェイトレスが注文を取りに来る。飲み物を頼むと父はうつむいたまま言った。

「来るなら来ると、連絡してくれないとな……」

「連絡してたらどうしてた？　一家で歓迎して泊めてくれるとでも？」

　つい強い口調になったことを私は後悔した。今更この人を責めても仕方がない。父に何かを期待することは、もうとっくの昔にやめていたはずだ。

「……ごめんなさい。厭味《いやみ》を言いに来たわけじゃないの」

「いや、いいんだよ」

　父はそこでやっと笑顔を見せた。卑屈な笑みであっても笑顔は笑顔だ。ほんの少し慰められたような気分になった。

　彼は、自分が主体性のない人間だということを自覚している。けれど、それを改めようとは微塵《みじん》も思わないらしい。何も考えず人に言われるまま働き、何かあると殻に閉じこもり身を縮める。アルマジロのように、ただじっとトラブルが去って行くのを死んだ振りでやり過ごす。

母が病死しても、父は私の面倒を殆《ほとん》ど見なかった。仕事から帰って来ると、父はただぼうっとテレビの画面を見つめているだけで、食事も風呂《ふろ》も何も支度してはくれなかった。自分のことは何とか自分で全部できるような年になるまで、私は近所の主婦達や学校の先生の好意で生きてきたといえる。お弁当を持たせてくれたり、生理用品を一揃《ひとそろ》え買って来てくれたのは、父以外の見知らぬ他人だった。

けれど、私は親切にしてくれた人々に有り難いと思ったことはなかった。可哀相にねえと頭を撫《な》でられると、どうかすると鳥肌さえたった。哀むぐらいなら、放っておいてほしいと思っていた。

高校生になる頃には、もう私は父になんの感情も持っていなかった。同じ家に住んでいてもたまにしか顔を合わさないし、お金は父の口座から勝手に引き出していたのだ。友人もボーイフレンドもできた私は、まあまあ人並みに楽しい生活を送っていたのだ。

突然父が再婚すると言い出したのは、私が高校三年の秋だった。朝、自室から台所へ行くと、父がテーブルでトーストを齧《かじ》っていた。父が朝のテーブルにいる時は、何か私に用がある時だったので私が用事を聞くと、彼はうつむいたまま言ったのだ。

再婚することになったから。

私がびっくりしていると、彼は続けてこう言った。その人の家族が、来週越して来るから仲良くやってくれと。

突然そんなことを言われても困ると、私は声を荒らげた。いくら私がわめいても父はすまんと言うだけだ。

翌週、予告どおり後妻一家が私の家へやって来た。よくしゃべる厚化粧の女と、躾《しつ》けの悪い小学生の男の子がふたり。引っ越しを手伝いに来たその人の親戚らしき男が、聞きもしないのに父とその女の馴《な》れ初めを教えてくれた。その女は父がよく行くスナックで働いていたそうだ。女手ひとつでふたりの子供を育てるのはつらく、父のような家持ちのやもめを捜していたそうだ。父は寄生虫に捕まったのだ。

私が呆然《ぼうぜん》としているうちに、後妻一家は我が物顔で暮らし始めた。私には干渉しないことと一番最初に釘《くぎ》をさしておいたのに、私の生活はめちゃくちゃにされた。笑顔のままでひどい厭味を言う義母、着替え中にずかずか部屋へ入って来る憎たらしいガキ共。父に訴えたが、彼は「すまんな」と小さく繰り返すだけだった。

押しかけ女房の一家は、露骨に私を邪魔者にした。それを父はおどおどするだけで、一度も庇《かば》ってはくれなかった。家を明け渡すのは悔しいけれど、とても同じ屋根の下に暮らしてはいられず家を出ることを宣言した。父は学費とアパートの家賃は出すからと言っただけで、引き止めようとはしなかった。私が出て行く日、荷物を持って玄関を出ようとした私に後妻は下品に笑ってこう言った。いつでも遊びにいらっしゃい、と。その一言で、私の家は彼女のものになった。私はその時決めたのだ。もう私には肉親はいないのだと思おうと。

「お父さん、私、本当にお父さんの子供？」

昔のことを思い出しているうちに、そんな質問が零《こぼ》れ出た。考えてみると、父は私に関心がなさ過ぎた。もし私が父の子でないとするならばある程度納得がいく。

私の唐突な質問に、父は目をしばたたいた。

「……どうしてだい？」

「だって」

「お前に父親らしいことを、ひとつもしてやらなかったからか？」

弱々しく父はそう言った。

「それもあるけど……ねえ、教えて。私に隠していることはない？」

「突然やって来て、どうしてそんなことを聞くのかは知らないが、お前は私の娘だよ」

「私が生まれた時、何か変なことはなかった？　たとえば双子だったけど、どちらかは誘拐されちゃったとか」

乗り出して聞くと、父は小さく笑った。

「何を言ってるんだ。お母さんが産んだのはお前ひとりだったよ」

私は唇を嚙《か》んでうつむく。父は嘘《うそ》がつけるような器用な人間ではない。後ろめたいことがあれば絶対顔色に出てしまう人だ。だからそれは本当なのだろう。

「気を悪くしないで聞いてね。あのね、私が生まれた頃に、その……他の女の人に子供を産ませたりしなかった？」

　父の濁った瞳がどんよりと私を見つめる。

「何かあったのか？」

「どうなの？　覚えがあるの？」

　強く聞くと、父は静かに頭を振った。

「そんなことが、あるわけないだろう」

「でも……じゃあ、この人は誰？　ねえ、こっちに来てよ」

　私は振り返って彼女を呼んだ。彼女が私をゆっくり振り返る。そして立ち上がって私の横に立った。サングラスを外すと、彼女の顔は真っ青だった。

「どう？　この人は誰なのよ。そっくりでしょ。誕生日も名前も顔も、何もかも同じなのよ。どういうことなのか、知ってたら教えてよ」

　父は私の顔を凝視した。弛《ゆる》んだ頬《ほお》が微《かす》かに震えている。目の中に恐怖の色が見えた。

「どうしたんだ。蒼子、気が変になったか？」

「え？」

「誰のことを言っている。誰もいないじゃないか」

「な、何よ。お父さんこそ、どうしたの。ここにいる、この人よっ」

私はつっ立ったままの彼女の腕を摑《つか》んで揺すった。

「なあ、蒼子」

父は大きく溜《た》め息をつくと、肘《ひじ》をついて両手で顔を覆った。

「私が悪かった。何もかも私が悪かったんだよ。謝る」

「……お父さん？」

「お前のお母さんと結婚したのは、見合いをしたからだ。したくて結婚したわけじゃない。それはお母さんも私も同じだった。けれど責めないでくれ。そういう時代だったんだ」

顔を覆ったまま父は震える声で言う。

「二度目の結婚も、別にしたいわけじゃなかった。あいつに頼まれて、断る理由もないままこうなってしまった。だけど、いいんだよ。私はこうやって何も考えずにいたいんだ。私が悪いことは認める。だから、もうそっとしておいてくれないか」

私は呆然として、震える父を見つめた。

「……もしかして、見えないの？」

「もう嫌がらせはやめてくれ。私はこのまま静かに暮らしたいんだ。許してくれ」

「見えないのね……？」

父は顔を上げると、ふらふらと立ち上がった。ズボンのポケットから財布を取り出し、中のお札を全部抜くとテーブルに置いた。

「悪いとは思うが、もう来ないでほしい」

背中を向けて歩きだした父に罵《ば》声《せい》を浴びせたのは、私ではなく彼女だった。

「お金なんかいらないわよ！　馬鹿にしないで！」

悲鳴に近いその声に店中が振り返った。けれど、父ひとりこちらを見ず、背中を丸めて店を出て行く。

二度と振り返るまいと決めたからなのか、それとも見えない人間の声は聞こえなかったのか、どちらだかは分からなかった。

その夜、ホテルの地下にあった料理屋で、私と彼女は牡蠣《かき》鍋《なべ》を囲んだ。

昼間、泣きながら啖呵《たんか》を切った彼女は、あの後すっかり肩を落としていた。私は何とか彼女を元気づけようと、観光地を回った後、私達の好きな牡蠣を食べようと提案したのだ。

お酒を飲みながら鍋をつついていくうちに、真っ白になっていた彼女の頬にやっと血の気が戻ってきた。

「お父さんたら、本当に昔のまんまだったね」

力なく笑いながら彼女が言った。私は箸《はし》を止めて、彼女の顔を見る。私は謝罪の言葉を零した。

「……ごめんね」

「どうして佐々木さんが謝るの？」

「だって、お父さんに会いに行こうなんて誘ったのは私だし。結局何も分からないで、つらい思いをしただけだったじゃない。申し訳なくて」

「いいのよ。こんな事でもなきゃ、もう一生お父さんの顔見なかったかもしれないもん。それに、つらいのは私もあなたもいっしょでしょ？」

そう言って彼女は徳利を持ち上げ、私にお酒を勧めた。お酌をしてもらいながら、私は喉《のど》まで出かかっている事を言おうかどうしようか迷っていた。

「でも、あれは恐《こわ》かった。お父さんには、私が見えないんだもんね」

まるで私の心を読んだように、彼女はその事を口にする。お天気の話をするようにさらりとした笑顔で。

「見えない振りをしてたんじゃない？」

「気を遣わなくていいわよ。あれは、完全に見えてなかったわ」

「でも」

彼女が平気な振りを装っていることは、手に取るように分かった。

「きっと、佐々木さんが本体で、私はコピーなのよ。私はきっと元々いない人間なんだわ。何かの拍子で消えちゃったりするのかもしれない」

ぐらぐら煮立つ鍋から牡蠣を拾って彼女はそう言った。どんな慰めの言葉も出てこなくて、私はそっと唇を噛む。

「そんな悲しい顔しないで」

いつの間にか、彼女は私の小鉢に牡蠣を取り分けてくれていた。それを受け取りながら私は彼女を見つめる。

「本当にごめんね」

「いいの。もう謝らないで」

彼女が明るく笑うのを見て私はほっとした。やはりこちらから、あなたは私のドッペルゲンガーなのよと決めつけるのは後ろめたかったのだ。彼女の方から認めてくれれば話が早い。

「それにしても変よね。どうしてお父さんには、河見さんのことが見えなかったのかしら。今までそういう経験あった？」

「ないと思うわ。あ、すみません」

彼女はテーブルの横を通り過ぎようとした仲居さんを呼び止め、空の徳利を振ってお酒の追加を頼んだ。着物姿の中年の仲居さんは、伝票を書いてからにっこり微笑《ほほえ》む。

「もしかして、双子さん？」

私達は仲居さんを同時に見上げる。

「大人になっても、そうやって仲良くしているなんていいわね」

人の好《よ》さそうなその人は、またふっくら笑ってから去って行った。私と彼女はどちらともなくプッと吹き出す。

「何か、変な感じねえ」

「お姉さんができたみたい」

私達はお互いの肩をつついて笑った。

「ねえ、今閃《ひらめ》いたんだけどさ」

私は指を鳴らして言った。

「なあに？」

「お父さんに、河見さんだけ見えなかったのは、こういう事じゃないかしら。私が本体で、あなたが私の影だとするとよ。別々にいる時は、問題なく誰の目にも見えるけど、本体と影がいっしょにいる時は、影は本体の光の強さみたいなのに隠れて見えなくなっちゃうのよ」

それを聞いて、彼女は首を傾《かし》げた。

「今、いっしょにいるじゃない。でも、ふたりとも見えてるみたいよ」

「だから、私達のことを同時に知ればふたりとも見えるのよ。私のことを先に知っている人が見ると、あなたは見えなくなっちゃうの」

彼女は箸の先をちょこんとくわえたまま、じっと何やら考えている。

「分かんない？　例えば、高校の時の友達とか、私のバイト先のデパートの人達には、あなたのことが見えないのかもしれないってことなのよ」

「……じゃあ、私が福岡に越してから知り合った人には、あなたが見えないの？」

「さあ、分かんないわ。ちょっと思いついただけだから」

それを聞くとまた彼女は黙り込んだ。私が思いつきで言ったことを、彼女は深刻に受け止めたようだった。

「そんな真剣な顔しないで。辻褄《つじつま》合わせてみたかっただけなのよ。本当のところはどうだか分かんないわよ」

「そうだ。私、戸籍を調べてみたの」

そこで彼女は急に話題を変える。

「本当に？　私もよ」

私と彼女は、お互いの目の中を見た。

「どうだった？」

恐る恐る聞くと、彼女は肩をすくめる。

「別に変な所はなかったわ。移転の順も、日付も」

「私の方もそうだわ」

私と彼女は、役所に住所変更をした順を確認しあった。すると、実家を出て最初に入った高円寺のアパートから、大田区のワンルームマンションに移ったところまではいっしょだったが、その後の移転先が違っていた。私は今の佐々木のマンションに移り、彼女は福岡へ引っ越している。その時、本籍地もお互い嫁ぎ先に変えていた。

つまり、ひとつの戸籍から二枚の異なった戸籍が発生したことになる。そんなことが可能だとはとても思えなかったが、現実としてそうなっているのだ。ふたりの人間に分かれた時、自然発生したのだろうか。

「ちゃんと調べてみる？」

彼女は、私の目を覗《のぞ》き込むように聞いた。

「あなたはどう思う？」

「あんまり、気が進まないわね」

私も彼女の答えに頷《うなず》いた。役所に問い合わせて、どういうことか調べてもらえば、どこでどういう間違いがあったかは分かるかもしれない。けれど、役所の人間にあれこれプライベートなことを詮索《せんさく》されるのは嫌だった。あまり大事《おおごと》にすると、取り返しのつかないことになるような予感もする。

「ああ、もうこんな時間だわ。私、帰らなくっちゃ」

　腕時計を見て、彼女は箸を置いた。

「え？　帰るつもりだったの？」

「ん。たぶん、夜中に河見君から電話がかかってくるだろうから。今から帰れば、十一時頃には家へ帰れるわ」

「そんなあ。せっかくだから、いっしょに泊まっていきましょうよ。なかなか外泊なんてできないんでしょ。そうだ、こっちから電話しておけばいいじゃない。河見君の泊まってる所の電話番号知らないの？」

　私が強く言うと、彼女はしばらく困った顔をしていた。

「本当に入れ替わってみるなら、色々段取りなんかも考えないとならないじゃない。ね、泊まっていってよ。せっかく会えたんだから、夜中までおしゃべりしようよ」

　自分でも、どうしてこれほど彼女を引き止めているのかよく分からなかった。ただ、今晩はひとりになりたくなかった。ひとりになったら泣いてしまいそうだった。

「そうね……泊まっていこうかな」

　彼女は小さく微笑む。

「本当？」

「うん。久しぶりにお父さんに会って、やっぱり落ち込んでるし……パーッと騒いじゃいたい気もする」

「そうよね。騒ごう。よし、カラオケ行こうか」

「いいわね。死ぬまで歌おう」

そう決めると、私達は元気よく立ち上がった。

その晩は、強烈に楽しい夜になった。繁華街へ繰り出し、カラオケスナックを梯子《はしご》した。どこの店へ入っても美人の双子と持て囃《はや》された。おなかがよじれるほど笑い、声が嗄《か》れるまで歌った。

夜中にホテルへ戻ると、私達は順番にシャワーを浴びて、お互いの髪をブローしあった。ダブルベッドに潜り込んで、下らない深夜テレビに声を出して笑った。

本当に親しい友人を持ったことのない私は、生まれて初めて親密な人間にめぐり会えた気がしていた。

同じ不幸を共有し、同じ幸福を求めている。

静かに寝息をたて始めた彼女の横顔を眺めていると、自然と涙が零《こぼ》れた。

私が私と酒を飲み、私の隣に私が眠るシュールな夜だった。

私達の入れ替わりは、その晩から四ヵ月後の二月に実行することになった。

河見が勤めている割烹《かっぽう》では、毎年二月に社員旅行があるそうだ。一週間のオーストラリア旅行という豪華な社員旅行だ。河見が不在のその一週間、私は彼女の家に住み込んで細かいことを覚え、河見が戻って来る日に彼女が東京へ行くという段取りだ。それまでにしておかなければいけないことは、まず私達の外見上の違いを揃《そろ》えることだ。けれど、それは体重と髪形ぐらいで、そうなると私のすることは殆《ほとん》どない。彼女に頑張って七キロ痩《や》せてもらい、同じ長さに髪を切ってもらえばいい。

　私がしなければならないことは、料理と洋裁の勘を取り戻すことだった。河見のために毎晩のように料理をしていた彼女と、自分の食べる分だけを適当に作っていた私では料理の腕に差ができていた。そして、彼女の代わりに縫製工場へパートへ行くために、針仕事を思い出さなければならない。何年かぶりに私はスーツを一着自分で縫ってみた。元々好きなことなので、あっという間にコツを思い出した。

　実行までの四ヵ月、私は殆ど誰にも会わず、静かに家の中で過ごした。彼女が送ってくれた料理のレシピどおり、煮物や炒《いた》めものを作っていると、もうすぐ最愛の人と結ばれる嫁入り前の娘のような気分になった。食卓に並んだ家庭料理に、佐々木が気味悪そうに首を傾《かし》げているのも可笑《おか》しかった。

　暇にまかせて私はドッペルゲンガーについての本を買い込み、それを端から読んでみた。思ったよりもそれに関する記述は少なく、学術書よりも物語の方にドッペルゲンガーはよく書かれていた。

　そしてどの物語も、死の予感のする悲しいものばかりだった。西洋の古いおとぎ話の中に〝自分のドッペルゲンガーに出会った者には、近い将来死が訪れる〟という一節を見つけ、私は思わず本を閉じた。

不安は不安だったが、私は不思議とそう恐《こわ》くは感じなかった。このまま一生、孤独な生活を続けていくぐらいなら、ひとりで二種類の人生を体験してそれでそのまま死んでしまってもいいではないかと私は思った。死ぬことは確かに恐い。けれど、空虚で長い人生よりも、濃縮された時を生きる方がまだましに感じた。

彼女と入れ替わる約束の一ヵ月。それが終わった後のことを、私はなるべく考えないことにした。今まで以上の孤独が待っているのか、死が待っているのか、考えたところで分からないのだから。

ソファの上でぼんやりしていると、テーブルの上の電話が鳴り出した。私はためらいなく受話器を取る。最近電話といったら大抵彼女からなのだ。

「あ、蒼子さん？」

予想外に男の声がした。

「僕です。牧原です」

「ああ……」

「ああって、冷たい返事だなあ。しばらくだね。元気だった？」

「ええ、まあ、元気よ」

「最近はどう？　毎日何してるの？」

明るい牧原の声を聞きながら、私はおしゃべりの相手をしてあげようか、やめておこうか考えた。しかし、彼女と入れ替わる日も近くなっていることに気が付く。

「映画の券があるんだけどさ。別に縒《よ》りを戻そうっていうんじゃないよ。もうそろそろ友達に戻ってもいいだろ。映画ぐらい、付き合ってくれませんか？」

　久しぶりに牧原の声を聞いたら楽しかった頃のことを思い出してしまい、会いたいなという気がしてきた。けれど今また牧原と親しくなったら、分身の彼女がこちらに来ている時にも、彼は誘いをかけてくるかもしれない。彼女を信用していないわけではなかったが、面倒なことはしない方が安全だと思ったのだ。

「悪いけど、断るわ」

「きついなあ。映画ぐらいいいじゃないか」

　入れ替わる計画がなければ、牧原の誘いに乗っただろう。けれど駄目だ。もったいない気もするが、今は単なる気晴らしより河見との本当の幸福の方が私には大事だった。

「他に恋人ができたの。もう電話してこないでね」

　早口にそう言うと、私はわざと乱暴に電話を切った。そして、振り切るように電話から視線をそらし爪《つめ》を強く嚙《か》んだ。

とうとう、その日がやって来た。

夫の佐々木には香港《ホンコン》へ旅行に行くと告げて、私は福岡行きの飛行機に乗った。二月の一週目。九州だから東京よりは暖かいのかと思っていたら、福岡は小雪がちらついていた。

空港に迎えに来た彼女と、再会した姉妹のように喜び合って手を取った。彼女は七キロ痩せたわよと笑って言った。確かに頬《ほお》と顎《あご》がすっきり細くなっていた。

彼女の家へ着くと、私はその小さなアパートの前で思わず立ち止まってしまった。築何十年だか分からない古びた木造アパートの一階が、彼女と河見の住まいだった。

ボロで驚いたでしょうと、彼女は恥ずかしそうに言った。中へ入れてもらうと、狭くて古いなりに洒落《しやれ》た感じに飾ってあったので私はいくらかほっとした。

その晩は、試しに私が夕飯を作ってみた。初めて来る家なのに、台所のどの辺に何がしまってあるか面白いぐらい当てることができた。さすが分身だなあと、私達は感心した。

それから数日間、彼女が河見の役をして、私達はシミュレーションの生活を送ってみた。ままごと遊びをしているようで、とにかく楽しくて仕方なかった。

彼女はまだ髪が長いままだったので、同じショートボブに切ることにした。彼女は私の写真を持って美容院に入り、出て来た時は本当にどこから見ても私そのものになっていた。私達はその辺のショーウィンドーに自分達を映し、気持ちわるいと言ってはしゃいだ。

一番の心配は縫製工場のパートだった。

彼女に工場の見取り図を書いてもらい、どこで何をしたらいいかとっくりと教わった。パートの主婦達の性格と対応も似顔絵で教わった。

福岡に来て四日目、私は試しに工場へ出勤してみることにした。これほど緊張したことはないというぐらい緊張して、私は工場の戸を開けた。

おはよう、と皆が明るく声をかけてくる。私もおはようございますと微笑《ほほえ》む。彼女に聞いたとおり一番窓際のミシンに座り、続きらしいパンツの裾上《すそあ》げに取りかかった。

教わった通り、十二時になると持参したお弁当を持って、工場の奥にある六畳間へ行った。主婦達がわいわいテーブルを囲んでいる。私もそこへ座って食事をし、彼女達の話に相槌《あいづち》を打ったり笑ったりした。

一日の仕事を終えて工場を出ると、電柱の陰に隠れるようにして、彼女が手を振っていた。彼女は私の手を取って勢い込んで聞いてきた。

「どうだった？」

「うん。ヘマしなかったと思う」

「誰も私じゃないって気が付かなかった？」

「それがさー。笑っちゃうぐらい平気なのよ。ああ、面白かったあ」

女子高校生のように、私達はきゃあきゃあ騒いで手を取り合った。一日中、緊張の連続だったが、それは嫌な緊張感ではなかった。違う人間になりすまし他人を欺《あざむ》くスリルは、かつて体験したことのない快感だった。

縫製工場の仕事はこの調子で何とかクリアできそうだった。あとは河見に気が付かれなければ全てオーケーだろう。河見のことで必要な知識は、彼女が細かく紙に書いてくれた。

河見が旅行から帰ってくる前日、窓の外には二月の冷たい雨が降っていた。私と彼女は炬燵《こたつ》に潜り込んで激しくなっていく雨音を聞いていた。

「佐々木さんって、そんなに外泊が多いの？」

炬燵の向こうから彼女が聞いてくる。私は彼女お手製のはんてんを着込み、丸まったまま唸《うな》った。

「うーん。まあね」

「広告代理店だったわよね。やっぱり、そういう仕事って不規則になっちゃうもんなのね」

私が書いた〝佐々木蒼子生活マニュアル〟を読みながら、彼女はそう言った。

「ごめん」

「え？」

「そうよね。ちゃんと言わないと駄目よね」

私はむっくりからだを起こし、顔の前で掌《てのひら》を合わせた。

「ごめん。実はそれに書かなかったことがあるの」

彼女はキョトンと私を見る。

「実は、夫にはずっと前から恋人がいるのよ。その人の所に足しげく通ってるの」

「へええ」

特に驚いた風でもなかった。首を傾げると、彼女はにっこり笑ってこう言った。

「じゃあ、あなたにも恋人がいるのね」

「え？　どうして？」

「初めて会った時、楽しく暮らしてるって言ってたじゃない。だから、あなたにもいい人がいるんでしょ」

鋭いのか鈍感なのか、よく分からない発言だった。確かに恋人はいたが、楽しく暮らしていると言ったのは単なる見栄からだったのだ。

「白状するわ」

「しなさいしなさい。他人じゃないんだから」

炬燵の中で、彼女が足をつついてくる。私は笑ってその足を軽く叩《たた》いた。

「いたんだけど、駄目になっちゃった。ちょうどあなたに初めて会った日に別れたのよ」

「へえ。どうして？」

「年下の男の子でね。最初は可愛《かわい》いと思ってたんだけど、だんだんうっとうしくなっちゃって」

ふうんと呟《つぶや》いたきり、彼女は頬杖《ほおづえ》をついてぼんやりしていた。反応の鈍さがまた少し癇《かん》に障る。

「その人、牧原って言うの。もしかしたら、電話かかってくるかもしれないけど……」

「しれないけど？　断る？　誘いに乗っておく？」

からかうように、彼女は私を覗き込む。

「うーん」

「未練ですかねえ。縒りを戻しておきましょうか？」

私は彼女の悪戯《いたずら》っぽい眼差《まなざ》しを見つめる。いくら分身といえども、牧原に手を出されるのは面白くない。

「とりあえず断っておいて。春になったら、こっちから電話するって」

「オーケー、オーケー」

頷く彼女を尻目《しりめ》に、私は彼女が書いてくれた〝河見君と暮らす注意事項〟にまた目を通した。

ゴミの日、姑《しゆうとめ》さんから電話があった時の対応、河見の遅番と早番、休日の過ごし方、魚の選び方から洗濯の仕方まで事細かに書いてあった。私が書いたマニュアルの三倍は記載事項がある。

それを読んで発見したことがあった。私と彼女は生活の形態は違っていても、誰とも一歩踏み込んだ親しい付き合いをしていないという共通点があることだ。彼女には定期的に連絡してくる友達はいないようだ。それは私も同じだ。デパートのバイトを辞め、牧原と別れてしまうと、私を遊びに誘ってくれる人は誰もいなくなった。

人付き合いの希薄さは、入れ替わって生活してみるという企画には好都合だが、私は分身の、私と同じような孤独を改めて実感した。

いや、と私は顔を上げた。私は夫の浮気も牧原のことも、聞かれなければ隠したままだったろう。ということは、彼女にも秘密があっておかしくない。

「あなたの方は、白状することないの？」

私は努めて柔らかく聞いた。すると彼女はうふふと笑う。

「そうくると思ってた」

「そお？」

「恐がらせるといけないと思って、言わなかったけどね」

思わせぶりな前置きをしてから彼女は言った。

「もし何かあったら、すぐ泣くのよ。泣いて具合が悪いって訴えれば、大抵のことは乗り切れるから。あとね、基礎体温をちゃんと計って、排卵日には絶対セックスしちゃ駄目よ」

露骨なその台詞《せりふ》に、私は言葉を失った。

「何かって……何？」

「別に……覚えてるでしょ。あの人、お酒飲むとちょっとわがままになるからさ。でも、心配することないわよ。根は優しい人だから」

そこで玄関のチャイムが鳴った。彼女は「はあい」と返事をして立ち上がる。彼女が玄関を開けに行くと、私は炬燵布団を顎《あご》まで引き上げて背中を丸めた。

何だかはぐらかされた気がした。たぶん河見はあいかわらずお酒を飲むとしつこくなるのだろう。まあ、それは予想していたことではある。

彼女の声が玄関から聞こえる。どうやら保険の勧誘員が来たらしい。玄関を開けっ放しにしているらしく、冷気がここまで入り込んで来た。

その時、畳の上に置いてあった電話が鳴り出した。旧式のダイヤル電話の音が喧《やかま》しく響く。すると、彼女が慌てて戻って来た。

「保険のおばさん？」

「そうなのよ。しつこくて困っちゃう」

「断ってあげようか」

「うん。助かるわ」

　彼女はそう言って、着ていた厚手のカーディガンを脱いだ。私もはんてんを脱ぎ、渡されたカーディガンに袖《そで》を通す。彼女は電話に出、私は玄関へ顔を出した。

「あ、お電話済みました？」

　中年の保険のおばさんが、私を見上げてにっこり笑う。前歯の金歯が目に入った。

　あっ、と私は声を出しそうになった。

　その女性に、私は見覚えがあった。横に広い招き猫のような顔に強いパーマの髪。そして金の前歯。

「こちらが先程お勧めしたもののパンフレットなの。二年ごとにお祝い金というのが出てね、据え置きすることもできますよ」

　保険の説明をするその人を、私は口を開けて見た。

　あの人だ。初めて福岡へ来た時、ホテルのそばで本屋の場所を聞いた、あの時のおしゃべりなおばさんだ。けれど、向こうは私に気が付いていないようだ。

　内心どきどきして、今日は少々固い標準語で話しているおばさんの顔を見た。そして、唐突に気が付く。

私は彼女より先に、この人に会っているのだ。私と彼女がいっしょにこの人の前に現れたら、この人にはどう見えるだろうか。

私は実験してみることに決めて、部屋の中へ声をかけた。

「蒼子ちゃん。電話終わった？」

終わったよお、と彼女ののんびりした声が返ってくる。

「ちょっと来てよ」

保険のおばさんは、不思議そうに私を見る。そのうち、襖《ふすま》の向こうから彼女が顔を出した。玄関にまだ保険のおばさんがいるのを見て、ぎくっと立ち止まる。

「どなたか、いらっしゃるの？」

おばさんはそう言って、奥を覗き見るように爪先立《つまさきだ》った。

「……あの人、見えませんか？」

私は腕を真っ直ぐ伸ばして、立ちすくんでいる彼女を指さした。おばさんの顔が怪《け》訝《げん》そうに曇る。そしてぎこちない愛想笑いを残し、逃げるように帰って行った。

どういう状況の時に彼女が見えなくなってしまうのか知りたくて、あまり乗り気でない彼女を無理に連れ出し、私は実験してみることにした。

大雨の中を強引とも言える実験に出たのは、私も誰かから〝見えない〟という状況に陥るかもしれないという恐怖からだった。

バスで少し離れた町へ行き、まず手始めに私は煙草屋《たばこや》で使い捨てライターを買った。十分程色を迷い、煙草屋の主人に私の顔を覚えさせる。そして、しばらくたってから、ふたり揃《そろ》ってもう一度その店へ行ってみた。すると主人は「やっぱり他の色にするのか？」とからかうように聞いた。隣に立っている、私とそっくりな女にはちらりとも視線を向けなかった。見えていないのだ。

次は目についた薬局で、逆のことをしてみた。彼女が先にひとりで店に入り、私が後からその店へ入った。薬局の店主はぎょっとしたような顔をした後、表情を和らげ「双子かあ、よく似てるなあ」と呟《つぶや》いた。どうやら私の身には〝人から見えなくなる〟という現象は起きないようだった。

私は大きく安堵《あんど》の息を吐いた。その時彼女と目があってしまい、私は慌てて緩んだ頬を引き締めた。いくら何でも彼女の前で露骨に安心した顔をしたら申し訳ないと思ったのだ。

その晩、彼女は明らかに無口になった。私は何だか悪いことをしてしまったような気がして、一生懸命彼女のご機嫌を取った。私がいくら明るく彼女に話しかけても、彼女は力なく微笑むだけだった。夜が更ける頃にはだんだん腹がたってきた。何も彼女がドッペルゲンガーなのは私のせいではないのだ。当てつけがましく落ち込んだ顔をするのはやめてほしかった。

明日の夜には、河見が帰って来る。こんな状態のまま本当にちゃんと入れ替われるのかと心配に思いながら、私は布団に入った。

隣の布団で、彼女が何度も寝返りを打つ気配がした。何か慰めの言葉をかけようかと思っているうちに、私は心地よい眠りに引き込まれていった。

翌朝、彼女は一転して明るい顔をしていた。

パンの焼ける香ばしい匂《にお》いで目を覚ますと、台所から彼女が顔を出す。にこにこ笑って「おなかが空いちゃったから、早くご飯にしようよ」と布団の中の私に声をかけた。

どうやら一晩寝たら機嫌が直ったようだった。私は胸を撫《な》で下ろして、布団から這《は》い出す。台所のテーブルにはすっかり朝食ができ上がっていた。

その日、私と彼女は最後の打合せをした。

入れ替わりの期間は、きっかり三十日。一日おきに必ず連絡を取り合うこと。トラブルが起きるか、どちらかが三十日たたないうちに戻りたくなったら、もう片方はそれに従うこと。私達はそれをお互い約束した。

河見が家に戻るのは夕方だ。河見が家へ帰って来て、私が女房ではなく別人だと気が付かないことを確認してから、彼女は東京へ発《た》つ段取りにした。

　よその人々は私と彼女の区別がつけられないようだが、もしかしたら夫の目には一目瞭然《りょうぜん》、他人だと分かってしまうかもしれない。その時は私は家を飛び出し、アパートの外で待機している彼女と入れ替わる。そして、入れ替わって生活するという遊びを断念することに決めた。

　午後六時。外はもうすっかり夜の闇《やみ》が下りている。私と彼女は炬燵《こたつ》に入り、黙って石油ストーブのオレンジ色の光を見ていた。河見が戻って来る時間が近付くにつれ、はしゃいでいた気持ちが強い緊張に変わっていく。くどいぐらい生活の細々したことを説明していた彼女も、もう何も言わなかった。

　しんとした部屋に突然電話の音が響いた。私は咄嗟《とっさ》に彼女の顔を見る。彼女は私を励ますように笑顔で頷《うなず》いた。受話器に手を伸ばす。心臓が爆発しそうだった。

「蒼子か？　俺《おれ》だけど」

　男の人の声が、耳に届いた。河見はこんな声をしていたっけ。

「もしもし、どうした？　俺だよ。今、駅なんだ」

「お、お帰りなさい」

「何だよ、もっと嬉《うれ》しそうな声出せよ。淋《さび》しかったろ？　腹減ってるか？　寿司《すし》でも買って行ってやろうか」

「ううん、ご飯用意してある。茶碗蒸《ちゃわんむ》し作ったよ」

「えらい。食べたいと思ってたんだ。じゃ、すぐ帰るよ」

ガチャンと電話が切れる音がして、私もそろそろと受話器を置いた。

「完璧《かんぺき》じゃない。女優ねえ」

彼女は笑いながら言うと、立ち上がってコートを羽織った。

「じゃあ、私は外にいるから。河見君が帰って来て、大丈夫そうなら窓に向けてＶサイン出してよ」

「……うん」

「そんな情けない顔しないでよ。平気だってば」

旅行鞄《かばん》を持ち上げ、彼女は玄関で靴を履く。じゃあねと軽く言って、彼女はアパートの裏手へ回って行った。

それから河見がチャイムを押すまで、私はじっと時計を睨《にら》んでいた。大丈夫、大丈夫と自分を励ます。たった十分が気が遠くなりそうに長く感じられた。

チャイムが鳴った。

私は弾かれたように立ち上がる。一回ギュッと目をつぶってから、私は河見蒼子になった。

「お帰りなさい」

「おー、帰ったぞ。どうだ、いい子にしてたか」

玄関を開けたとたん、河見は私に抱きついた。彼は私の頭を腕で抱え込み、可愛《かわい》がっている犬にするように頭をくしゃくしゃ撫で回した。そして私の顔を覗《のぞ》き込んできたかと思うと、激しく唇を求めてきた。

河見にキスをされながら、私は窓の方が気になって仕方なかった。彼女が裏窓から中の様子を窺《うかが》っているはずだった。裏窓からここは、ぎりぎり見えるか見えないかという所だった。冷や汗が止まらない。

「旅行どうだった？　楽しかった？」

河見の胸を両手で押して私はからだを離す。すると、彼がおやという顔をした。そしてじっと私を見下ろす。私はばれたか、と身を固くした。

「……どうかした？」

「何だ。髪切ったのか」

全身から力が抜ける。私は髪に手をやってぎこちなく笑った。

「ちょっと気分転換。似合わない？」

「そうだなあ。長い方がよかったなあ」

はっきり言われてしまって、私は少々ムッとする。

「ああ、腹減った。飯にしようぜ。食ったら土産の品評会だ」

ご機嫌な顔で河見はそう言った。鼻唄《はなうた》まじりに彼が部屋の奥へ行くのを見て、私は恐る恐る裏窓に目を向けた。

カーテンの隙間《すきま》から彼女の笑顔が見えた。首を傾げてVサインを出している。私は少しためらってから、同じように指でVの形を作った。彼女はバイバイと手を振ると、あっという間に夜の中に消えて行った。

——蒼子B

河見蒼子は、結婚してから一度も東京に帰ったことがなかった。

羽田から都心へ向かうモノレールの窓から、色とりどりにライトアップされた夜の東京を眺める。疲れのせいか頭の芯《しん》が少し痛んだが、それさえ気にならないほど蒼子はうきうきしていた。

いい思い出があるわけではないが、やはり生まれて育った街には愛着がある。そしてこれから一ヵ月間、蒼子はこの街で自由に過ごすことができるのだ。運命の神様に感謝しなくてはと蒼子は思った。

モノレールを下りると蒼子はＪＲに乗り換えた。帰宅する会社員達でごった返した電車さえ懐かしくて微笑《ほほえ》んでしまう。

蒼子は有楽町の駅からタクシーに乗り、書いてもらったメモのとおり道順を告げた。銀座を抜けて十五分ほど走ったところで車を下ろされた。

星のない夜空にそびえるそのマンションを蒼子は見上げた。潮の匂《にお》いがかすかに鼻をくすぐる。いわゆるウォーターフロントのマンションというやつらしい。入口にいた守衛は住民の顔を覚えているらしく、蒼子の顔を見ただけで何も言わずに扉を開けてくれた。

佐々木の部屋は七階の一号室だ。音もなく上昇するエレベーターに乗り、ぴかぴかに磨かれた廊下を歩いて蒼子は部屋へ向かった。佐々木という表札を見つけても不思議と緊張はしなかった。ためらわず指先でチャイムを押す。

しばらく待っても誰も出て来る気配がないので、蒼子はバッグを探って預かった部屋の鍵《かぎ》を出そうとした。すると急に玄関のドアが開いた。

「何だ、蒼子か」

佐々木だった。蒼子は返事をするのも忘れて彼の顔を見つめた。そうだ。確かに昔、この人と付き合っていたことがあったと記憶が蘇《よみがえ》るのを感じた。

「チャイム鳴らすなんて、今日に限ってどうしたんだ？」

蒼子はしまったと思った。佐々木が家にいようがいまいが、黙って鍵を開けて入れと言われていたことを思い出す。

「どうした？　つっ立ってないで早く入りなよ」

「あ、どうも」

ペコンと頭を下げ、蒼子は玄関で靴を脱いだ。廊下が奥へ向かって延びている。自室は確か一番手前のドアだったと聞いたような気がした。

「荷物持ったまま入るのか？」

見当をつけてドアを開けたとたん、後ろから佐々木が不思議そうに言った。目の前に現れた真っ白な便座を見て、蒼子は思わずプッと吹き出す。

「トイレ、我慢してたものだから」

笑いながら蒼子は言い訳をし、そう言った手前ついでにトイレへ入った。出て来るともう佐々木はいなかった。トイレの隣の扉を開けると、今度は間違いなく蒼子の部屋のようだった。きちんと整えられたベッドの上に、WELCOMEと書かれた小さなカードが置いてあった。

荷物を置いてコートを脱ぎ、蒼子はベッドに腰かけた。ぐるっと部屋を見回し、その雑誌のグラビアから抜け出たような装飾に感心した。少女趣味にならない程度のカントリー家具に上品なレースのカフェカーテン。お金さえあったら、蒼子がこうしたいと思っていたとおりのインテリアだった。立ち上がってクローゼットを開けてみる。ずらっと掛けられた服を見て、蒼子は複雑な溜《た》め息をもらした。一ヵ月間ここで暮らし、好きな服を着ることができるのは嬉《うれ》しいが、別にそれが自分のものになるわけではないのだ。蒼子はバタンとクローゼットを閉めた。

蒼子は空腹に気が付いた。飛行機に乗る前に軽くサンドイッチをつまんだだけだったことを思い出す。そっと自室のドアを開けてリビングの方を窺《うかが》った。電気が灯り、テレビの音が小さく聞こえる。

　今日のところはこのまま眠って、昼間家の中をよく点検してから佐々木と接触した方が安全だなとは思った。けれど好奇心がうずく。先程の佐々木は自分の妻が別人と入れ替わっていることに、まるで気が付いていないようだった。もう一度試してみたくて、蒼子はリビングの扉をそっと開けた。

テレビに顔を向けていた佐々木が蒼子の方を見た。にっこり笑ってみせると、佐々木は目をぱちくりさせた。

「私も、いっしょに飲んでいい？」

佐々木の隣に腰を下ろし、テーブルの上に置かれたビール瓶を指して蒼子は言った。

「いいけど……」

「おなか空いちゃった。これ、少しもらっていいかしら」

半分ほど残ったピザを蒼子はねだる。

「ああ、いいよ」

佐々木は立ち上がると、キッチンからグラスをひとつ持って来た。蒼子にグラスを手渡しながら佐々木はしきりに首を傾《かし》げている。

「香港で何かいいことでもあったのか？」

「うん。そうなの」

にっこり笑う蒼子を、佐々木はキョトンとした顔で見つめる。

「ホテルは豪華だし、食べるものはおいしいし、夜景は綺麗《きれい》だし。でもあなたといっしょだったらもっと楽しかったと思うわ。今度はいっしょに行きましょうよ」

蒼子が適当なことを言うと佐々木はますます目を丸くした。やり過ぎたかなと蒼子は内心思う。

「参ったな」

「え？」

「別人みたいじゃないか」

佐々木の台詞《せりふ》に蒼子はぎくりとする。ばれたかと思っているうちに、佐々木が小さく笑い出した。

「なあ、蒼子」

笑いながら佐々木は蒼子の顔を見る。

「そうやって、いつも素直でいてくれるといいんだけどな」

「私、いつも素直じゃないの？」

「自分の胸に聞いてごらんよ」

佐々木はそう言って蒼子の肩をポンと叩《たた》く。そしてソファから立ち上がった。

「明日の朝、早いんだ。もう寝るよ」

リビングを出て行こうとした佐々木を、蒼子は呼び止めた。

「待って、あの……」

「何？」

「ううん。いろいろごめんね。おやすみなさい」

佐々木の目が大きく見開かれる。そしてその後、柔らかい笑顔になった。

「君も疲れてるんだろう。もう寝た方がいいよ」

「ありがとう。そうする」

廊下へ出て行く佐々木を見送ってから、蒼子は息をついた。気まずい雰囲気になったら何でもいいから謝っておく。それは蒼子が河見との生活で得た、夫の操縦法だった。

「優しそうな人じゃない」

瓶の底に残ったビールをグラスにあけながら蒼子は呟《つぶや》く。佐々木は冷たい男だと聞かされていたけど、蒼子にはそうは見えなかった。

翌日から蒼子は、東京中を歩き回った。新しいビル、新しいファッション、新しい芝居、新しい本に斬新《ざんしん》なアート。見たいものや行きたい場所が山ほどあった。

東京での生活は自由に満ちていた。夫の佐々木はたまにしか家へ戻って来ないので食事の心配もない。掃除は定期的にハウスクリーニングサービスというのが来て、勝手にやってくれている。蒼子はただ毎日好きな所へ行き、好きなものを食べ、好きなだけ眠っていればよかった。

お金は銀行の口座に驚くほど入っていた。もうひとりの蒼子は、買い物をする時は使ってとクレジットカードまで貸してくれた。蒼子はそのカードで片っ端から好きな物を買った。服や化粧品、何の役にも立たない可愛《かわい》いだけの小物。一円でも安い特売品を捜していた生活の反動か、後でまずいことになると分かっていても買い物がやめられなかった。

時々蒼子は、ひどい頭痛を感じた。それは独身の頃行った店や、親しかった人の名前を思い出そうとすると起こった。生まれて育った家がどうなっているか見てみようかと思った時など、卒倒しそうなほど激痛が走った。けれど、頭痛薬を飲むとけろりと治るので、頭痛慣れしている蒼子はそれほど心配はしなかった。

ある日、蒼子はオープンしたばかりのファッションビルを歩いていた。

そのフロアーの一角に、福岡で自分が縫っている服のショップを見つけた。中を覗《のぞ》くと、奇抜な服を着た店員が愛想笑いをする。

「いらっしゃいませ。どうぞ、ご覧になって下さい」

気取った口調で店員が言う。蒼子はショーウィンドーに飾られたジャケットに目を瞠った。先月、自分が縫ったものと同じデザインだった。

「こちらは春の新作なんですよ。襟が変わってますでしょう」

「生地は何かしら」

「ええと、……ウールだと思いますけど」

「そう？　絹が入ってるんじゃない？」

蒼子はほんの少し意地悪心を起こして、不勉強な店員を苛《いじ》めてみた。彼女は真っ赤な唇を尖《とが》らせていやな顔をする。

「ご試着なさってみてはいかがですか？」

「いいわ。着てみなくても分かるもの。これ下さい」

蒼子があっさりそう言うと、店員はポカンと口を開ける。そして慌ててにっこり笑った。

「ありがとうございます。では、こちらが同じお品物でございますので」

そう言って、ハンガーに掛けられたジャケットを店員は手に取った。蒼子は首を振る。

「悪いけど、これがいいの」

ディスプレイされたジャケットを蒼子は指さした。

「は？　こちらでございますか？」

「飾ってあるので悪いんだけど、どうしてもこれがいいのよ」

店員はふに落ちない顔をしていたが、蒼子の言うとおりショーウィンドーに飾ってあったものを取って畳んでくれた。

蒼子はそれを持って急いでマンションに戻った。見た瞬間、直感したのだ。これは自分が縫ったものだと。

部屋に戻ると、蒼子は紙袋をひっくり返してジャケットを取り出した。裁縫箱を出して来て、布を切らないよう鋏《はさみ》で丁寧に襟の縫い目をほどいていく。布の下から現れた襟の芯を裏返して見て、蒼子は弾かれたように笑い出した。薄いプラスチック芯に、ＳＯＫＯとチャコペンシルで名前が書いてある。

おなかを抱えて蒼子は笑い続けた。こんな可笑《おか》しいことがあるだろうか。こっそり自分の名前を入れた新作のジャケットは、この世に五着しかない。そのうちの一着とめぐり会えたのだ。それも自分が縫った服なのに自分のお金では買えず、人のカードをこっそり使って手に入れたのだ。

笑っているうちに涙が出てきた。涙は次から次へと頰《ほお》を伝い、蒼子は笑いながら泣き続けた。何故泣いているのか自分でもよく分からなかったが、とにかく自分が情けなかった。

一通り泣いてしまうと、蒼子は長い間ぼんやりと床に座っていた。そして福岡に残った蒼子のことを思った。

あの人は、何故自分と入れ替わって生活してみたいなどと考えたのだろうか。こんなに自由で何もかもが手に入る生活のどこが不満だったのだろう。

蒼子は濡《ぬ》れた頬を手の甲で拭《ぬぐ》った。

愛されたかったのだろうか。誰かから必要とされ、保護され、心配してほしかったのだろうか。

それならば、もしかしたらあの人はしばらく東京には戻って来ないだろうと蒼子は思った。

河見は自分の女房を愛している。自分だけの女にしておきたくて、いつも監視し、両腕の中から出そうとしない。女房が少しでもふたりの生活以外のことに興味を持つと、容赦なく押さえ付けた。ふたりでいることが全てで、それ以外のものは排除しなければならなかった。

　それは考えようによっては幸福な生活だった。いつでも自分のことを考えてくれる人がそばにいるのだ。お前がこの世にいてくれて本当によかったと言われて、不幸を感じる人間がいるだろうか。何も考えず、日々の生活を繰り返す。食べて、笑って、働いて、そして眠る。それだけでいいのならば幸福な生活だった。

蒼子は、もうひとりの蒼子が目の前に現れるまで、そういう生活に何の疑問も持っていなかった。自分が我慢をしていることすら気が付いていなかったのだ。

ないものねだりなのだろうかと、蒼子は思った。余るほどの自由があれば心の拠《よ》り所が欲しくなり、強く愛されればそれは束縛に感じる。

約束の日まであと二十日あった。約束の日が来ても、あの人がこのまま福岡へ残りたいと言ってくれたらいいと蒼子は思った。そうしたら、自分は佐々木蒼子になりすまして自由な毎日を続けていける。

しかし、それはあまり期待できなかった。これほど自由な毎日を送っていた人間が、河見の押しつけがましい愛情に応《こた》えられるわけがない。最初のうちは愛されている実感に酔っても、一発殴られればすぐ甘い夢から覚めるだろう。

約束の日が来て彼女が東京に帰って来たら、蒼子は福岡へ戻るつもりだった。この一ヵ月は、偶然与えられた休暇だと思おうとしていた。

そうだろうか。本当に自分はそう思っていただろうか。心の奥底では、このことが河見との生活から抜け出すきっかけになったらいいと思ってはいなかっただろうか。

もし自分が福岡へ戻らなかったらどうなるだろうと蒼子は考えた。

河見はどうするだろう。突然女房に蒸発されたら、あの男のことだ、何としてでもいなくなった女房を捜し続けるに違いない。外国へでも逃げない限り、安心して暮らすことはできないだろう。

河見だけではない。彼女だって、そんなことは許してくれないだろう。

蒼子は、他人の目からどういう時に消えてしまうか実験をした、あの福岡での雨の日を思い出した。そのとたん、からだ中に鳥肌がたった。あの恐ろしかった体験を、蒼子は死ぬまで忘れないだろうと思った。確かにここにある自分のからだが、人の目に映らなくなってしまうのだ。ドッペルゲンガーであること、この現実の世の中で、自分が幽霊のような曖昧《あいまい》な存在であったことを思い知らされた。それは同時に、自分はもうひとりの蒼子には逆らえないという事実をはっきり浮き彫りにした。あの人と自分がふたり並ぶと、自分は消えてしまうのだ。河見にも佐々木にも、自分の姿は見えなくなってしまうのだ。影は本体には勝てない。自分はもうひとりの蒼子に逆らえないのだ。

今は考えまい。蒼子は首を振ってそれ以上考えるのはやめた。長く考え事をすると頭痛が起こる。蒼子は頭痛薬を飲もうと立ち上がった。

翌朝、蒼子が出かける支度をしていると、ベッドサイドの電話が鳴り始めた。蒼子はしばらく電話が切れないか期待して見つめたが、諦《あきら》めて受話器を取り上げる。

「ああ、やっといたわ。あなた、出かけてばかりいるみたいね」

思ったとおりあの人の声がした。蒼子は自分とそっくり同じはずの声が、何度聞いても同じものには聞こえなかった。レコーダーに自分の声を吹き込むと変な感じがするのと同じだろうかと考えていると、佐々木蒼子が早口に言う。

「ちょっと。返事ぐらいしてよ」

「あ、うん。外からかけてるの？」

「そう。河見君、今日お休みなのよ。寝てる隙《すき》にね」

その弾んだ声に、蒼子は肩をすくめる。どうやらまだ楽しい毎日を送っているようだ。

「一日おきに連絡しようと決めたのに、あなた、全然家にいないじゃない」

「ごめんね。何か困ったことでもあった？」

「そうじゃないけど……まあ、いいわ。そっちはどう？」

「別に何もないわ。佐々木さんともほとんど顔合わさないし。ひとりで映画見たり、買い物したりして毎日遊んでるの」

「楽しい？」

「うん。楽しいよ」

そう答えると、しばらく沈黙が流れた。

「あのね……よかったらあと半年ぐらい……」

アパート裏の大通りにある公衆電話なのだろう。トラックの走る音に声がかき消される。

「え？　ごめん。聞こえなかった」

「ああ、いいのよ。冗談だから。じゃあ、また電話するわね」

切れた電話を蒼子は静かにテーブルに置いた。そしてドレッサーまで歩く。鏡の前に座ると、ゆっくりと楽しむように化粧をした。髪を整え、買ったばかりの金のイヤリングを耳に付けた。

にっこりと鏡の中の蒼子が笑った。

本当は聞こえたのだ。あと半年ぐらい入れ替わったまま暮らさないかとあの人は言ったのだ。

「いいわよ。一生替わっててあげる」

蒼子は鏡に映る自分の顔に向かい、そう言ってクスクス笑った。

ご機嫌で家を出た蒼子は、銀座のデパートへ向かった。最近巷《ちまた》の話題になっているカメラマンの写真展が催されていることを、今朝の新聞で知ったのだ。

平日の昼間だから空いているだろうと思っていたら、会場には入場を待つ人の列ができていた。その長い列を見て蒼子が並ぼうかやめておこうか迷っていると、後ろから誰かに肩を叩かれた。

「蒼子さん」

スーツ姿の若い男が笑顔で立っていた。胸には名札を付けている。このデパートの店員なのだろう。

「これ見に来たの？　言ってくれれば入場券あげたのに。やあ、でも会えて嬉《うれ》しいなあ。元気だった？」

名札には『牧原』と書いてある。蒼子は彼の顔を見上げ、そうか、あの人の恋人だった男だと気が付いた。

そういえば、ここはあの人がバイトをしていたデパートだった。知っている人に会うといけないから絶対行かないようにねと言われていたことを、今更のように思い出した。

「すごい人だろう。そういえば蒼子さん、この人が売れる前から好きだって言って写真集買ってたよね。見る目があるよなあ」

変なお世辞を言われて、蒼子は曖昧に笑ってみせた。そうか、自分はこのカメラマンが好きだったのかと他人事《ひとごと》のように思う。

「俺《おれ》、ちょうど休憩なんだ。いっしょに見ようよ」

牧原は蒼子の手を引いて、従業員専用と書かれたドアの方へ歩いて行く。

「待って。どこ行くの？」

「裏から入るんだよ。並んで金払って入る気だったの？」

それを聞いて、蒼子は素直に牧原の後に付いて行くことにした。

牧原はもう何度かこの写真展を見ているらしく、蒼子に説明をしながら会場を回った。牧原は楽しい男だった。下らない冗談も歯が浮くようなお世辞も、不思議と厭味《いやみ》に聞こえない。

蒼子は、もうひとりの蒼子がこの男を恋人にした理由が分かる気がした。あまり頭の切れる人ではなさそうだが、育ちのいい人間だけが持つおおらかさがあった。

写真展を見てしまうと、牧原は蒼子を夕飯に誘った。

牧原の仕事が終わるまで、蒼子は映画を見て時間を潰《つぶ》した。待ち合わせの喫茶店に十五分前に着くと、もう牧原がにこにこして待っていた。

どこへ行こうかと聞かれて、蒼子は行ったことのない店に行きたいと告げた。行ったことのある店だとボロが出ると思ったのだ。

牧原は蒼子をタクシーに乗せて、白金あたりの住宅地にある小さなイタリア料理屋に連れて行った。

「今日はずいぶん機嫌がいいんだね」

出されたコース料理を、嬉々《きき》として食べている蒼子に牧原はそう言った。

「そうかしら？」

「こんな簡単にデートしてくれるとは思わなかったよ。何度電話しても、蒼子さん、冷たく切ってたじゃないか」

　どう答えたらいいか分からず、蒼子は黙ったままパスタを口に入れた。

「恋人と別れたとか？」

「え？」

「前に、新しい恋人ができたって言ってたじゃないか」

　蒼子は微笑《ほほえ》んで答えた。

「まあ、そんなところね」

「じゃあ、今はフリーなんだね」

　顔を輝かせて牧原が身を乗り出す。

「夫がいるわよ」

「今更それはないんじゃない」

　蒼子と牧原は声を合わせて笑った。

　大振りのグラスに注がれたワインを、蒼子はどんどんあけていく。飲み過ぎなのか、薬が切れてきたのか、頭の芯《しん》が軽く痛み始めていた。

「どうしたの？」

　額に手を当ててうつむく蒼子に、牧原が心配そうに声をかけた。

「ん。ちょっと頭が痛くて」

「本当に？　大丈夫かい？」

「平気よ。最近よく頭痛がするの。でも薬飲むと治るから」

「顔が真っ青だよ。本当に平気なの？」

牧原はデザートを断って、すぐに会計を済ませた。蒼子を抱えるように立ち上がらせると、呼んであったタクシーに乗せる。

「どうする？　医者へ行く？　家まで送る？」

蒼子は、後から座席に乗り込んで来た牧原の胸に顔を寄せて囁《ささや》いた。

「牧原くんの部屋に連れて行って」

――蒼子A

自分でも驚くほど、私は河見との生活にすんなりと入っていくことができた。

緊張したのは最初の三日ぐらいだ。それからは、東京での生活が長く悪い夢だったような気がするほど、博多での毎日が当たり前に思えた。

家事をこなし、縫製工場のパートへ行き、河見が帰って来るまでのひとりの時間は編み物をしたりテレビを見て過ごした。

当たり前の日常の中で、私は多くの発見をした。

まず、働くことの喜び。私は今まで一度も、働くことが楽しいなどと思ったことはなかった。労働はただ単にお金のためにするもの、苦痛とお金を交換するものだと思っていた。それが、今の私はパートへ行くのが楽しくて仕方なかった。ミシンの音とアイロンの蒸気の匂《にお》い。仲間達の笑い声。右から左へどんどん仕事が片付いていく快感。

パートの仕事だけでなく私は家事にも精を出した。大嫌いだった雑巾《ぞうきん》がけが楽しくて家中を拭《ふ》いて回った。ぴかぴかの食器や窓ガラス、リンスのきいた洗いたてのバスタオルを私は心から愛《いと》しいと思った。

その成果を、河見はちゃんと褒めてくれた。お前に働かせて本当に済まない、パートに行って忙しいのに、ちゃんと家のことをやってくれて心から感謝していると、河見は晩酌の度そう私に言ってくれた。

働く喜びはお金になって返ってくることばかりではないと、私はこの年になって初めて気が付いたのだ。誰かの役にたつこと。誰かに喜んでもらうこと。それは自分の喜びとなって返ってくる。親切が親切となって返ってくるように。

東京にいた時に比べて、一日がとても早く感じられた。夫が仕事に出かけると、私も何かしらして働く。働いていると、あっという間に日が沈み、そして夫が帰って来る。愛する人を送り出し、働き、迎え、そして明日のために眠る。海のように満ちては引いていく、その永遠の繰り返し。私は〝何も考えないこと〟の幸福を知った。新作映画もベストセラーも、流行の服も必要ない。

働くことの喜びと共に、私は休日の楽しさを実感することができた。オンがあるからこそオフがあるのだ。毎日が日曜日のようだった今までの生活が、とてつもなく怠惰なものに思えた。

河見との休日は、明るい光に満ちていた。お弁当を持ってドライブへ出かけた。ふたりで家中の大掃除をした。奮発して買った大トロに、居酒屋で私が歌ったカラオケに、河見は嬉《うれ》しそうに笑い声をたてた。

それは、佐々木と結婚する時に見た夢の実現だった。いっしょにいられる時間はいっしょにいる。夫婦が愛し合うというそんな当たり前のことを、佐々木は私にくれなかった。やはり、私は河見を選ぶべきだったのだ。佐々木ではなく、河見と結婚することが正しい幸福の選択だったのだ。

このまま河見蒼子という名前で生きていく術《すべ》はないだろうか。私は河見に抱かれる度にそう思った。もうひとりの蒼子が、そんなことを承諾してくれるわけがないことは分かっている。けれどこんな幸せを知ってしまった後、私はひとりでどうやって生きていったらいいか分からなかった。

私は運命の神様を恨んだ。

こんなことなら、何にも知らない方がよかったと。

確かに私はそう思っていた。河見と生活を始めてからほぼ半月、私は幸福に酔い、うっとりと夢のような毎日を過ごしていた。

ところがある日突然、その夢が悪夢にとって代わることになった。

その晩、河見は仕事仲間との宴会があり、夜中の二時になっても帰って来なかった。何の連絡もなしに深夜まで戻って来なかったのは、私が福岡へ来て初めてのことだった。

事故にでもあったのではと心配で寝つかれずにいると、玄関のドアが開く音がした。急いで迎えに出ると、赤い顔をした河見がのっそり入って来たところだった。

「遅くなるんなら、電話ぐらいしてよ」

ほっと安心して私はそう言った。皮肉をこめたつもりはない。冗談めかしてそう言ったのだ。

そのとたん、河見の手が飛んで来た。思い切り頰《ほお》を張られ、私は流し台に嫌というほど背中をぶつける。何かが派手に倒れる音がした。

突然の暴力と強烈な痛みに、私は何が何だか分からなくなった。頰を押さえて河見を見上げると、彼は仁王立ちをして私を見下ろしていた。その両目を見て私はぎょっとする。

「何時に帰ろうが、俺《おれ》の勝手やろうもん」

河見は私のパジャマを摑《つか》んで、強引に立ち上がらせた。目がすわっている。尋常ではないその表情に、私は悲鳴さえ出せなかった。

「女んくせに、俺に指図ばすんな。生意気な女が俺は一番好かんったい」

酒臭い息が、私の顔にかかる。

「……何か、あったの？」

私はやっとの思いでそう言った。河見は酒を飲むと言葉が博多弁に戻り、態度も多少乱暴になる。けれど、私を捕まえてこんな風にすごむことはなかった。外で何かあったとしか私には考えられなかった。

「何かあったてや？」

河見が私の襟元をぐいと掴み上げた。自分の膝《ひざ》がガクガク震えているのが分かった。

「何かあったとは、お前ん方やなかとや？」

髪を乱暴に掴んで、うつむく私の顔を河見はぐいと上げさせた。

「なして急に、髪ば切ったとや？」

「別に理由なんか……」

「俺は長い髪の方が好いとっとぜ。お前も知っとろうが？　なして俺に相談もせんで切るとや」

呟《つぶや》くように河見が耳元で言う。彼の唇が頰をかすると、ぞっと全身に鳥肌が立った。

「俺がおらん間に、こそっとなんばしよったとや？」

「何もしてないわ。髪だって、ただ何となく切っただけよ」

私は必死にそう言った。そのとたんまた掌《てのひら》が飛んで来る。激痛に膝の力が抜けたが、河見が襟元を掴み、崩れる私を力ずくで引き上げた。

「わがよかことばっかりすんな！」

怒鳴り声が唾《つば》と共に顔にかかった。

「こん前たいがい言うたろうが！　俺のおらん間に勝手なことしたら今度は許さんて」

河見は私のからだを激しく揺すった。

「広島やら父親やら知らんばってん、俺のおらん間に黙って外泊やらしくさって！　男でんできたとや？　そん男に髪ば切れって言われたとや？　こんごろ妙に明るかとはそいつのせいなんかっ？」

言い終わったとたん河見は私を突き飛ばした。床に倒れた私のお腹《なか》を、今度は容赦なく足で蹴《け》り上げた。

殺される。

私はそう思った。

今の河見はどこか頭のネジが飛んでしまっているように見えた。

「いやあ！」

頭で考えるより先に悲鳴が出た。いつの間にか両頬が涙でぐっしょり濡《ぬ》れていた。嗚咽《おえつ》がからだの奥からこみ上げる。

からだを丸めてぶるぶる震えていると、河見が急に何もしなくなったことに気が付いた。恐る恐る顔を上げると、河見が呆然《ぼうぜん》とこちらを見下ろしていた。

河見の唇が震えている。その目には先程までの常軌を逸した光はなかった。自分のしたことが信じられないとでも言いたそうに、怯《おび》えた目が私を見ている。

怯《ひる》んだ彼を見て、私は少し冷静さを取り戻した。そのとたん、もうひとりの蒼子が言っていた台詞《せりふ》を思い出す。何かあったら泣いて謝れば大抵のことは乗り切れるという、あの台詞だ。

「ごめんなさい。許して。もう勝手なことしたりしない」

不本意な台詞ではあったが、とにかくこの場を乗り切ろうと、私は涙ながらに言った。

河見は突然がくんと膝を折った。そして背中を丸めて唸《うな》り出す。どうしたのかと思ったら、河見は泣いていた。

「蒼子、お前がおらんと、俺はつまらんちゃん」

「……河見君？」

「頼むけん、出て行かんどって。お前よりよか女やらおらんばい。お前が離れていったら、俺はもう生きていかれんばい」

河見は私の膝にすがりつくと、泣きながらそう訴えた。

「もう酒やら飲まんけんくさ……殴ったりせん……かんべんしちゃってん……」

私が唖然《あぜん》としているうちに、河見は床につっ伏す。すすり泣きが次第に小さくなる。

やがて河見は台所の床で鼾《いびき》をかき始めた。

私はずいぶん長い間、呆然と台所の床に座り込んでいた。

翌朝、台所で目を覚ました河見は、私の顔を見るなり土下座をして謝った。店で嫌なことがあってムシャクシャしてたんだと、河見は言った。きっかけはそうであっても、昨夜の暴力は、普段の鬱積《うっせき》が爆発したものだと私は思った。

髪にしても、広島に泊まった時のことにしても、何故今になってあれほど怒ったりするのだろう。河見がこれほど疑り深く、そして意気地のない男だとは思わなかった。あんな大きな形《なり》をして、酔っぱらわないと女房に言いたいことも言えない男なのだろうか。

昨夜、河見が眠ってしまった後、私はこのまま東京に帰ってしまおうかとも思った。けれど、いつも河見は飲み過ぎた次の日は、叱《しか》られた子供のようにしゅんとしているので、とりあえず朝になってからの河見の出方によって考えようと思ったのだ。

そうしたら案の定、河見は平謝りだ。彼は一度上げた布団を敷くと、私をそこへ寝かせ腫《は》れた顔に冷たいタオルを乗せた。

その日、河見は仕事が休みだったので一日中私に尽くした。洗濯をし、買い物に行き、お粥《かゆ》を作って私に食べさせた。

甲斐甲斐《かいがい》しい河見を見て、私は混乱した。殴られた顔や蹴られた手足は、くっきりと痣《あざ》になっている。殴られた時よりも、一晩たってからの方が痛みが激しかった。その痛みを加えたのも河見だし、痛みに苦しむ私を介抱するのも河見だった。

からだの痛みと気持ちの混乱で、頭の芯《しん》がじんじんした。何か考えなくてはならない気がしたがうまくものが考えられなかった。

その日から五日間も私は寝込んでいた。からだの痛みに加えて、ひどい頭痛と発熱に襲われたのだ。

河見は私を心配したが、医者に行こうとは言わなかった。自分の暴力によってできた妻の青痣を、医者に見せるわけにはいかないからだろう。

熱が下がり、やっと麻痺《まひ》していた頭が回り始める頃に、私は怒りがこみ上げてくるのを感じた。暴力をふるった河見に対するものというより、こういう事態が起こることを教えてくれなかった、もうひとりの蒼子に対する怒りだ。

ところが、いつ電話しても彼女は留守だった。それが怒りに一層拍車をかける。私が彼女の代わりにこんな目にあっているというのに、あの子は毎日遊び歩いているなんて。

パートが休みの日、私は朝早くから何度も東京へ電話をかけた。早朝からかけているのに彼女はいなかった。ということは、どこかで外泊しているのだろうか。

電話の前に座り込み、私は三十分に一度電話をかけた。苛々《いらいら》と爪《つめ》を噛《か》み、彼女に言ってやる文句をぶつぶつと繰り返した。

お昼前に電話が鳴った。河見が取るとまずいという理由で、彼女の方からはよほど困ったことがない限り電話をしてこないことになっている。けれど、私達はもう一週間以上連絡を取っていなかった。きっと彼女に違いないと思って、私は勢い込んで受話器を取った。

「河見ですっ」

「なんね、そんおーちゃっか言い方は」

ねっとりした女の声がして、私は眉《まゆ》をひそめた。この声は河見の母親だ。

「もっと柔らっか言い方があろうもん。がさつやんねえ」

姑《しゅうとめ》は時々思い出したように電話をしてくる、その度に子供はまだできないのかと聞くのだ。もうひとりの蒼子は聞き流しておけばいいのよと笑っていたが、私にはそれが苦痛でしょうがなかった。

「どげんね、こんごろは？」

「といいますと？」

電話を叩《たた》き切りたい気持ちを堪《こら》えて、私は聞き返した。

「なんば言いよっとね。赤ちゃんのこったい。ちゃんと計画的にしよっと？　なんべんも言うようばってん、こげん長いことできんとは、あんたのからだに原因があるっちゃないと？　いっぺん病院に行ってみんしゃい」

何が計画的にしよっと、だ。私は胸の内で悪態をついた。そういうことを平気で言ってしまえる下品さが私には我慢ならなかった。よく彼女はこのババアをかわしていたなと感心してしまう。

「お言葉を返すようですが、私達は避妊してますので」

今まで何度かかかってきた電話では、彼女の言うとおりはいはいと聞き流していた。けれど今日は我慢ならなかった。

「まあっ。なしてっ。信じられんばい」

「あなた達に給料の半分も仕送りしてるから、子供作るどころじゃないのよ！」

そう言ったとたん姑の金切り声が聞こえたが、私は乱暴に電話を切った。受話器を置いたとたんまた電話が鳴り出す。私は財布を持って立ち上がり玄関を飛び出した。すぐそこを通る国道まで走り、私は電話ボックスへ入った。財布の中に入れたはずのテレホンカードが見つからなくて、私は悪態をつきながらありったけの小銭を電話に押し込んだ。東京のマンションの電話番号を押す。呼び出し音が五回で電話が繋《つな》がった。

「もしもしっ？　蒼子ちゃんっ？」

勢い込んで聞いても、電話の向こうから返事が返ってこない。私は思わず大きな声を出してしまう。

「蒼子ちゃんなんでしょ？　どうしていつもそうなのよ。呼ばれたらすぐ返事ぐらいしなさいよ」

「どうかしたの？」

　のんびりした口調で彼女が答えた。私は悔しさと苛立ちのあまり、鼻の奥がツンと痛むのを感じた。

「あなた、全然いないじゃない……毎日どこに遊びに行ってるのよ。私がこんな目にあったっていうのにいい気なもんね」

　自分でも情けないぐらい涙声になってしまった。

「泣いてるの？　ねえ、大丈夫？　何かあったの？」

　心配そうな彼女の声がした。私は堪えきれず声を上げて泣き出した。

「泣いてちゃ分かんないわ。しっかりして。どうしたのよ」

　彼女は柔らかく言った。私はすっかり小さな子供になったような気分でしゃくりあげる。

「……殴られたわ」

「え？」

「河見君にいきなり殴られたのよ。それから、あの姑からも何度も電話がかかってきたわ。私、あの女大嫌いよ」

電話の向こうで、彼女が大きく溜《た》め息をつくのが分かった。

「殴られたのはいつのこと？　怪我《けが》しなかった？」

彼女の冷静な声が私は気に入らなかった。もっと驚いて、それは大変だったわねと言ってほしかった。

「先週よ。夜中に酔っぱらって帰って来て、いきなりガーンよ。相談しないで髪を切った事とか、広島に泊まった時の事を言ってたわ。あなた、広島の時の事、ちゃんと河見君に話しておかなかったの？」

「ああ、あれね。父親に会いに行ったんだって説明したんだけど、信じてくれないのよ。無断で行ったのが悪かったみたい」

まるで他人事《ひとごと》のように、彼女はケロリとそう言った。

「じゃあ、あなたも何度か広島のことで殴られてるの？」

「まあね」

「どうして言ってくれなかったのよ！」

私は大きな声を出した。彼女は何も答えない。

「私、人に殴られたのなんて生まれて初めてよ。殴っただけじゃないわ。おなかも蹴られたし、からだ中痣だらけよ。殺されるかと思った」

「殺されはしないわよ。それに安心していいわよ。一回やったら、しばらくやらないから」

彼女の悟りきったようなその言葉に、私は耳を疑った。

「何ですって？」

「お義母《かあ》さんの方も心配いらないわ。あっちも一回かかってくると、しばらくはないから」

「どうしてよ！　どうしてそんな事言うの？　あなた、まさかずっと我慢してきたの？」

受話器を握りしめ私はそう叫んでいた。もどかしさと、どこへも向けようがない怒りが胸に淀《よど》む。

「どうしてかしらね……」

私がしゃくりあげていると、彼女の声がポツンとした。

「私にも分からないのよ。でも、別に平気だったの。だって、普段の河見君は優しいでしょう？　違う？」

「そうだけど」

「でしょう。お義母さんだって、あれで優しいところがあるのよ。お節介なのは、息子夫婦を気にかけているからだしね。ほとんど歩けないお義父《とう》さんの世話だって、お義母さんひとりでやってるのよ。お手伝いに行きましょうかって聞いても、あなた達は自分達の生活のことだけ考えなさいって言ってくれて」

淡々と彼女は話した。

「どんな暮らしをしてたって、少しぐらいつらいことはあるわよ。子供の頃を思い出してみなさい。怒ったり殴ったりするほど、自分のことを気にかけてくれる人がいた？ 河見君は自分の女房が好きだからこそ、時々不安になってああいうことをするのよ。愛されてる証拠よ。あなた、愛されたかったんでしょう？ 河見君は優しいでしょう？ 何が不満なの？ それに私の夫やお義母さんを、そんな風に言われるのは不愉快だわ。私があなたの旦那《だんな》さんの悪口を言ったら、あなた嫌でしょう？」

彼女の台詞は妙に説得力があった。私は唇を尖《とが》らせ、指で頬《ほお》の涙を拭《ぬぐ》う。

「……でも、殴られるのは嫌だわ」

「そりゃそうよ。だから、彼が酔っぱらって帰って来た時は言葉に気をつけなきゃ駄目。あなた、何か厭味《いやみ》っぽいこと言ったんじゃない？」

「遅くなるなら電話ぐらいしてって、言っただけだわ」

「だからよ。酔っぱらった河見君に命令なんかしちゃ駄目。帰って来てくれて嬉《うれ》しいって言わなきゃ」

そういう彼女に、私は何も反論できなかった。彼女の言うことは正しいようでどこか間違っている気がする。けれど反論する言葉が見つからないのだ。

「元気出して。ね？　あと十日ぐらいじゃない」

「うん。分かったわ……」

　じゃあまたねと言って、彼女の方から電話を切られてしまった。私は釈然としない思いを抱えて電話ボックスを出た。


　それからの河見との生活は、表面上は元通り穏やかに流れていた。

まるで何事もなかったかのように河見は私に接する。けれど、河見が暴力をふるう前に感じた、完璧《かんぺき》な幸福感はもう得られなかった。それどころか、河見の優しい言葉が全部嘘臭《うそくさ》く聞こえた。

　もうひとりの蒼子とお互いの生活に戻る約束の日まで、あと二日となった。

　こうなってしまうと、私は河見が暴力をふるったことに多少感謝する気になっていた。もし河見が本性を見せなかったら、私は彼女に一生このまま入れ替わっていたいなどと頼んでいたかもしれない。

　もうひとりの蒼子に私は同情した。これから一生、彼女は河見と生活していくのだ。河見との幸福な生活は、彼に従順でなければ成り立たない。私は限られた期間であるから我慢もしたけれど、彼女は一生我慢していかなければならないのだ。けれど、私が思っているよりも彼女は不幸ではないのかもしれない。多少の我慢は当然だと言っていた。彼女にとって、夫の暴力も姑の厭味も些細《ささい》なことなのだろう。

皮肉なもので、こうなると佐々木の良さが見えてきた。確かに彼はクール過ぎるところがあるが、暴力で自分の妻を押さえつけるような人ではない。結婚する直前、まだ佐々木が優しかった頃、彼はよく言っていた。女性も職業なり生き甲斐なりを持って自立して生きていくべきだと。それを、いくら夫といえども邪魔する権利はないのだということを。

河見と佐々木、どちらが正しい選択であったのかすっかり分からなくなった。いったい私はどうしたらよかったのだろう。

私は夕暮れの部屋にひとり座って、すっかりうなだれていた。気に入っていた畳の感触や、隣の家から聞こえる振り子時計の音が、今ではとても貧乏臭く感じられた。

頭痛やからだの不調など、東京にいた時は殆《ほとん》ど感じたことがなかったのに最近頭の芯が重く、からだがだるくて仕方ない。何もする気がしなくてぼんやりしていると、玄関の鍵《かぎ》が開く音が聞こえた。私ははっと顔を上げる。河見は今日は遅番のはずだ。まだ帰って来るには早すぎる。

「帰ったぞお」

明るい声と共に河見が姿を見せた。私はぽかんと彼を見上げた。

「遅番じゃなかったの？」

私の言葉に、みるみる河見の顔が不機嫌になった。

「何言ってんだ。お前、俺《おれ》が何時に出てったか、よく考えてみろ」

そうだ。そういえば、彼が出かけたのは、朝早くだった。

「ごめんなさい。ぼんやりしてたわ」

「飯の用意してねえのかよ。腹減ってんのにさあ」

ごめんなさいと言う代わりに、私は河見を睨《にら》みつけた。そのとたん、いけないと頭の中で警報機が鳴る。今更、喧嘩《けんか》をしてどうなるというのだ。

「すぐ、作るわ。ごめんね」

慌てて視線をそらし私は台所へ向かう。その腕を河見が捕まえた。

「なんや、そん態度は」

凄味《すごみ》のきいたその声に背筋がぞっと寒くなった。しばらくは暴れないと彼女は言っていたが、河見の目は先日私を殴った時と同じようにすわっていた。

「お前、こんごろおかしいぞ。妙に明るかったり、突然ふさぎ込んだり」

「そんなことないわ」

「俺に隠しとうことが、あるっちゃないとや？」

河見は私に顔を寄せる。

「何も隠してなんか……」

「おう、そげんか。白を切るとやったらよかぜ。じゃあ、これはなんなっ」

そう言って、河見は押入れを勢いよく開けた。そして衣装箱の後ろに手を入れる。

私は思わず「あっ」と声を出してしまった。

「こん鞄《かばん》はなんな？　こげんなもんば買ってやった覚えはなかぜ。中身もばい。派手な服や下品な下着の入っとろうが」

河見は私が東京から持って来た旅行鞄を逆さにして乱暴に振った。畳の上に服や化粧品がこぼれ落ちる。

「答えんか！　どげんことか？　お前まさか家出ばすっ気やったとや？」

「……それ、いつ見つけたの？」

震えながらも私は聞いた。同じ怒るなら、何故見つけた時に言わないのだろう。河見の見かけと逆の女々しさに、猛烈に腹がたってくる。

「いつだっちゃよかろうが！」

障子がびりっと震えるぐらい、河見は大きな声を出した。

「だいたいくさ、俺が旅行から帰って来てから、お前はずっと様子がおかしかったろうが。うんにゃ広島たい。お前が無断外泊した時からやんね。前は、飲みに行ったたっちゃカラオケは好かんて歌わんやったとに、なして何曲も何曲も楽しそうに歌うとや。

それも腰やらくねらしてからくさ。それにな、最近えらい晩飯が豪華やけど、どこに大トロの刺し身買う金があっとや。男がおるとや？　それともからだでん売って稼ぎよっとか！」

河見が博多弁でまくし立てるのを、私は呆然《ぼうぜん》と聞いていた。カラオケも大トロも、その時は河見はニコニコして喜んでいたではないか。

「もう我慢されん！　いったい何ば隠しとっとや！　全部言わんか！」

「我慢ならないのはこっちよ！　あんた、頭おかしいんじゃないのっ？」

言い終わったとたん河見の掌《てのひら》が飛んで来た。私は咄嗟《とっさ》に身を翻したが、バランスを崩して床に倒れた。慌てて顔を上げると、河見が覆いかぶさってくるのが目に入った。私はありったけの力をこめて彼の股間《こかん》を蹴《け》り上げた。

河見は低い呻《うめ》き声とともにうずくまる。私は急いで立ち上がり、散らばった荷物を旅行鞄に突っ込んだ。コートと財布を摑《つか》み部屋を飛び出す。

夕暮れの道を、私は駅に向かって走った。死ぬほど苦しかったが、今走らなければ一生後悔することになりそうで、私はすれ違う人を肩で突き飛ばしても走り続けた。

駅が見えてきたところで、私は一度後ろを振り返った。河見が追いかけて来る気配はない。私は駅前に並んでいたタクシーに、転がりこむように乗った。電車に乗ろうと思って駅まで来たが、電車を待っている間に河見が追いついて来たらと思ったら、心底恐ろしくなったのだ。一刻も早くここを離れなくてはと思った。

私は東京行きの航空券を買った。幸い最終便に空席があった。

空港に着いてから、私は何度も東京の彼女に電話をかけたが、呼び出し音が続くだけだ。どこを遊び歩いているのかと私は舌打ちをする。

空港にいる私を河見が捜せるわけがないと思いつつも、私は恐《こわ》くて堪《たま》らなかった。売店でサングラスを買ってかけ、目立たないベンチに腰かけた。

紙コップのコーヒーを飲むと、やっと少し気持ちが落ちついてきた。私は夜の滑走路をガラス越しに眺めた。

一息つくと、自分のしてしまったことの重大さに改めて気が付いた。暴力をふるう河見に反撃して逃げて来た。しかし、考えてみれば私はこれで窮地を逃れたが、もうひとりの蒼子は、もうすぐ河見のもとへ帰らなければならないのだ。河見には別人だとは分からない。このまま彼女が帰宅したら、きっとただでは済まないだろう。

私は壁際に並んだ公衆電話に視線をやった。早く彼女に連絡をしなければならない。けれど、私がしたことを聞いたら彼女はどうするだろう。怒るだろうか。当たり前だ。怒っただけで済むならまだいい。何とか解決策を思いつくまで、彼女は自分の家へ帰れないのだ。

重い腰を上げて私は電話ブースへ歩いた。最終便の搭乗まで、もうあまり時間がない。もう一度だけ電話をして彼女がいなかったら、また羽田から電話をしよう。彼女の留守を半分期待して私は電話をかけた。ところが、呼び出し音が二回鳴ったところで彼女が電話に出た。

「あら、こんな時間に珍しい」

「……あなただって、こんな時間にいるなんて珍しいじゃない」

「まあね。ちょっと体調悪くて。大したことないんだけど……あれ？　どこにいるの？」

到着便を知らせるアナウンスが聞こえたのだろう。私は無邪気な彼女の声を遮った。

「大変なことになったわ」

「え？」

「今、福岡空港なの。これから東京に帰るわ」

彼女は電話の向こうで絶句する。私は続けて言った。

「河見君が、私が東京から持って行った鞄を見つけちゃったの。そしたら男がいるのかって逆上しだして」

「あらまあ」

「何を呑気《のんき》な声出してるのよ。恐かった。殺されるかと思った」

「それで逃げて来たってわけね」

「もう夢中よ……気が付いたら、彼の股間を蹴ってたわ」

私の答えに、彼女はけらけら笑い出す。

「笑い事じゃないわよ。あなた、このままじゃ家へ帰れないのよっ」

笑われて、私は頭にカッと血が上る。

「別にいいわよ」

「いいわよって……あなた何言ってるの？」

「私、もう福岡へは帰らないから」

私には彼女の言葉の意味が、咄嗟には摑《つか》めなかった。

「どういうこと？」

「決めたの。私、ずっと東京で暮らすことにする。だから、河見君のことはもういいの」

朗らかな口調に、私は返す言葉が見つからなかった。そして彼女はとんでもないことを言い出した。

「私、子供ができたみたいなのよ」

東京に向かう飛行機の中で、私は激しい頭痛を感じていた。頭の中で鐘がガンガン鳴り続ける。

子供ができたみたいと、彼女はあっけらかんと言ってくれた。まさか、佐々木の子供じゃないでしょうねと怒鳴る私を、彼女は軽く笑い飛ばした。いくら何でも違うわよと。

誰が相手だかは知らないけれど、彼女は東京へ着いたとたんにアバンチュールを楽しんだことになる。私はぎりぎりと奥歯を噛《か》みしめた。

本当に彼女は私の分身なのだろうか。私だって佐々木という夫がいながら牧原と付き合ったりはしていたけれど、手当たり次第に遊んだりはしなかった。私はそこまで馬鹿じゃない。窮屈な日常から解放されて遊びたくなった気持ちも分かるけれど、処女でもあるまいし、避妊ぐらいちゃんとすればいいではないか。

彼女の顔を見たら、まず一発張り倒してやろうと、私は激しい頭の痛みと共に考えていた。

飛行機が羽田に下り、タクシーを待つ列に並ぶ頃には、ＣＡにもらった頭痛薬が効いてきたのか頭の痛みは大方なくなっていた。代わりにからだ中がだるくて仕方なかった。真っ赤に燃えていた怒りは、疲れに呑《の》み込まれて消えかかる。タクシーに乗って自分のマンションに着く頃には、とにかく早く自分のベッドにもぐり込んで眠りたいと思った。

玄関の鍵を開けると、カレーのいい匂《にお》いが鼻をくすぐった。とたんにおなかが鳴る。

「おかえりなさい」

エプロンをした彼女が、笑顔で私を迎えた。私と同じ顔が、私の家から出て来るのはかなり変な感じだった。彼女の無邪気な笑みを見て、私は佐々木のことをこうやって笑って迎えたことがあっただろうかと唐突に思った。

「おなか空いてるだろうと思って、カレー作ったのよ。食べるでしょ？」

私は無言でスリッパを履き、自分の部屋へ入った。ソファの前のテーブルに食事の用意ができていて私は唇を噛んだ。崩れるようにソファに座り小さく呟《つぶや》く。

「あんたは、私の嫁さんか……」

怒るタイミングを逸してしまった。顔を見たとたんに一発叩《たた》いてやろうと思ったのに、こんな出迎えをされたんじゃ怒るに怒れないではないか。

「一緒に食べようと思って待ってたの。私もおなかペコペコ」

ふたり分のカレーをお盆に乗せて、彼女が部屋へ入って来る。

「佐々木は？」

「さあ。帰って来てないわ。昨日は帰って来てたから、今日は外泊じゃない？　さ、食べましょう。私のカレー、おいしいのよ」

私は黙ってカレーを口に運んだ。分身の作ったカレーは、私が作るものより何倍もおいしくて少し腹がたった。

ぱくぱくと元気よく食事をする彼女を、私は上目遣いに見る。自然とおなかのあたりに視線がいった。

「ずいぶん食欲あるみたいね」

「え？」

「子供ができたんじゃなかったの？　つわりなんかないわけ？」

たっぷり厭味《いやみ》を込めて言ってやったのに、彼女は笑顔でああと呟く。

「それがさ、気持ちは悪くないんだけど、カレーとかうなぎとか普段あんまり食べないものがすごく食べたくなっちゃって。妊娠《にんしん》すると食べ物の好みが変わるっていうじゃない？」

私は乱暴にスプーンを置いて彼女の顔を睨《にら》んだ。呑気なその顔を今度こそひっ叩《ぱた》いてやりたくなる。

「あなたね、本当に子供ができたの？　お医者さんには行った？」

「まだよ。でも薬局で試薬買ってやってみたわ。バッチリだったわよ」

「誰の子供よ！」

私はたまらず声を荒らげた。カレーを口に運んでいた彼女が、キョトンと顔を上げる。

「誰の子供なのよっ。分からないなんて言ったら承知しないわよっ」

彼女は溜《た》め息と共にスプーンを置いた。

「落ちつきなさいよ」

「言いなさいよ。誰の子供なの」

「そんなに怒らなくたって言うわよ。牧原君」

「……え？」

「牧原君よ。あなたの前の恋人の、牧原君」

さらりと言うと、彼女はテーブルの上のグラスを手に取り水をごくごく飲んだ。私はそのグラスを思い切り横に払う。すっ飛んだグラスはチェストの角に当たり派手な音をたてた。

私と彼女は割れたグラスには目も向けず、お互いの顔を食い入るように見た。

「あんたがそんな尻軽《しりがる》だとは思わなかったわ」

やっとの思いで私は言う。憎しみに近いほど怒っていることを、どんな言葉で言ったらいいか分からなかった。

「よく言うわ。あなただって、私の亭主と寝たんでしょ」

彼女の口許《くちもと》は笑みを浮かべていたが、目が笑ってはいなかった。私は彼女の大きな瞳《ひとみ》に吸い込まれそうになった。

「それは……」

「私はあなたの旦那《だんな》様とは手も握ってないわよ。それとも、佐々木さんとなら寝てもよかったの？　自分の旦那とは寝てもいいのに、昔の恋人とは駄目だなんて矛盾してない？」

問いかけられて、私は必死に答えを捜す。けれど何ひとつ言葉が出てこなかった。

「座りなさいよ。あなた、すぐヒステリー起こすんだから。そんなことだから、佐々木さんに嫌われたのよ」

「余計な……」

「そうね。そんなことは余計なお世話よね」

彼女は立ち上がると、私が座っていた二人がけのソファの方にやって来た。そして、私の腕を引いて隣に座らせた。

「あなたが河見君と寝たこと、責める気はないわ」

「………」

「だって、そうでしょ。お互いの生活を取り替えるってことは、寝る相手も取り替えるってことだもの」

膝《ひざ》の上に置いた私の手を、彼女は両手で柔らかく包んだ。そうされると、魔法をかけられたように、からだ中の力が抜けていく。

「だからあなたも私のこと、責めることはできないのよ。分かるでしょ？」

「でも、子供作るなんて……」

「作ったわけじゃないわ。できちゃったのよ」

私は彼女の手を振り払った。そして、まじまじと彼女の顔を見る。

「どうして避妊しなかったのよ」

「そんな露骨なこと聞かないでよ」

ころころ笑う彼女を無視して、私は重ねて問う。

「まさか、わざとやったんじゃないでしょうね」

「ひどいわねえ。いくら何でも、そんな狙《ねら》いすましたことまでしないわよ。事故よ、事故」

どう責めても、ひらりとかわされてしまう。私はぐったり疲れて両手で顔を覆った。

また頭の芯が痛んでくる気がした。

「もう、今日は寝た方がいいんじゃない？　顔色悪いわよ」

彼女は私の髪を静かに撫《な》でた。その手を振り払う気力もないまま私は呟く。

「……ずいぶん平然としてるじゃない」

「え？」

「これから、どうするつもりよ。その子、産むつもりなの？　河見君はどうするの？」

「そういう話は、明日またゆっくりしない？　本当にあなた真っ青よ」

「ごまかさないでよ」

大声を出したつもりが、弱々しいかすれ声しか出なかった。情けなくて悔しくて、もう少しで涙が零《こぼ》れそうだった。

「あなたに迷惑かけるつもりはないわ」

諦《あきら》めたように、彼女は肩をすくめた。

「私、牧原君と結婚する。子供も産むつもりよ」

目を瞠る私を、彼女は薄く笑って見ている。

「そんなこと本当にできると思ってるの？　あなた、結婚してるのよ。それに、牧原君だって」

全部言い終わる前に、彼女は手で私を制した。

「分かってるわよ。だから、私、あなたに協力してほしいのよ」

「協力？」

彼女はこっくり頷《うなず》く。

「牧原君は、私のことを佐々木蒼子だと思ってるわ」

「そりゃそうよ」

「どうせ、ドッペルゲンガーだって言ったたって分かってもらえないだろうし。だから、私に一時的に戸籍を貸してくれないかしら」

何を言われたのか、私は一瞬分からなかった。彼女は熱心な瞳を向けて先を続ける。

「私があなたになりすまして、まず佐々木さんと離婚するの。それで、牧原君と結婚する。その後は私、牧原君とひっそり暮らしてるから、あなたは佐々木さんと復縁したかったらしてもいいし、したくなかったらそのまま」

「馬鹿言わないで！」

私は思わずそう叫んだ。

「あなた今、迷惑はかけないって言ったじゃないっ」

「迷惑はかけないけど、協力してほしいって言ったのよ」

「冗談じゃないわよ。どうして、私が離婚しないとならないの？　牧原君と結婚したいなら、河見君と別れて勝手にすればいいじゃない」

「人の話をちゃんと聞いてよ。牧原君は私を佐々木蒼子だと思ってるのよ。本当は私、佐々木蒼子じゃないのって言ったところで、信じてもらえるわけないでしょ？　それに、河見君が離婚してくれるわけないじゃない。あなた、河見君のあそこを蹴《け》っ飛ばして飛び出して来たんでしょ。離婚の相談になんか行ったら殺されちゃうわ」

「だったら戸籍なんかいじらずに、勝手にふたりで暮らしてればいいでしょ」

「牧原君がちゃんと結婚したいって言ってくれてるんだもん。それに、届けを出さない理由を聞かれたらどうするのよ。理由がないじゃない。子供はいずれ大きくなるのよ。子供のためにもちゃんとした戸籍が欲しいのよ」

畳みかけるように言われて私は頭を振った。頭痛はもはや、はっきりと私の脳を痛めつけている。

「もうやめて。どうして私が離婚しないとならないの？　そんなこと、あなたのためにする気はないわ」

すぐ反論が返ってくるかと思ったら、彼女は黙ったままだ。頭を抱えていた私は、不思議に思って顔を上げる。そこには、かすかに眉《まゆ》をひそめた彼女の顔があった。悲しんでいるようにも哀れんでいるようにも見える。

「どうして離婚したくないの？」

「え？」

「私にはあなたの考えてることの方が分からないわ。佐々木さんには恋人がいるのよ。あなたじゃなくて別の人を愛してるのよ。それなのに、どうしてすがりつくの？　慰謝料でももらって別れて、新しい人生を始めた方がいいじゃない。まだ若いんだし、私が言うのもなんだけどあなた美人なんだから、これからいくらでもいい人が見つかるわよ」

「それは、慰めてるつもりなの？」

「そういうわけじゃないけど」

「もう、よしましょう。あなたの言うとおり、続きは明日にしましょうよ」

私は一方的に話を打ち切った。全身がだるく、もう何も考える気になれなかった。

彼女は肩をすくめると、立ち上がって割れたグラスを片付けに行く。私も仕方なく彼女の隣に屈《かが》んでガラス片を拾おうとした。

「私がやるからいいわよ。あなた、本当に具合悪そうじゃない。早くベッドに入った方がいいわ。私はソファで寝るから」

当たり前だ、私のベッドよ、と胸の内で呟く。

「じゃあ、悪いけど任せるわ。シャワー浴びてくる」

「うん」

部屋を出ようとして、私はふと振り返った。汚れた皿をお盆に載せる彼女に声をかける。

「ねえ、うちに頭痛薬なかったかしら？」

「え？」

「ものすごい頭痛なのよ。頭が痛くなるなんて、ずっとなかったことなのに」

そう言うと、彼女は目を瞠って私を見た。そんなに驚くほどのことだろうかと、私は首を傾《かし》げる。

「……痛み出したのは今日？」

「二週間ぐらい前から、ちょっと頭が重いなって思ってたんだけど。飛行機に乗ったら、ずきずき痛んできたの。疲れてるのかしら」

「きっとそうよ。薬出しておくから、飲んで寝たら？」

彼女がにっこり微笑《ほほえ》んだ。

その花のような笑顔が憎たらしくて、私は思い切りドアを閉めた。

翌朝、目を覚ますと彼女の姿はなかった。

ベッドサイドのテーブルに書き置きを見つけて手に取ってみる。病院へ行ってきます、とだけ書かれていた。

昨日ほど激しくは痛まなかったがまだ頭が重かった。私はのろのろと起き出し、キッチンへ行ってコーヒーを淹れた。

昨日の晩、佐々木は戻って来なかったようだ。淹れたコーヒーを持って私は玄関のポストから朝刊を抜き、自分の部屋に戻った。

三月になったとはいえ、まだ春の気配は殆《ほとん》どない。私は暖房のスイッチを入れ、もう一度ベッドに上がった。枕《まくら》に寄りかかりコーヒーを飲んだ。持ってきた朝刊を開く気になれず、私はカーテン越しに灰色の空を眺めた。

考えたくはなかったが、頭に浮かぶのはもうひとりの蒼子のことだけだった。ドッペルゲンガーにも子供を宿すことができるのだろうか。急に病院へ行く気になったのは、彼女自身も本当に自分が妊娠しているのか確認したかったからだろうか。

私はこめかみを指でもんで、これからのことを考えた。

もし本当に牧原の子供を彼女が宿していたら、これからどうしたらいいのだろう。何とか説得して堕《お》ろしてもらおうか。けれど、何と言って説得したらいいのだろう。彼女は何があってもおなかの子供を産むつもりだ。そういう直感があった。

私はコーヒーを置いて、自分のおなかのあたりにそっと触れてみる。初めて彼女に会った時、あの子は私に子供は作らないの、と聞いた。私は何て答えただろう。作るつもりはないと？

私は確かにあまり子供は好きじゃない。喧《やかま》しい小学生の集団など見るとぞっとする。けれど、作らないつもりなどなかったのだ。佐々木さえ望めば作っていいと思っていた。けれど佐々木は望まなかった。彼は結婚して一年で、それこそ手さえ握らなくなった。

これは嫉妬《しっと》だろうか。

私は苦い思いに膝を抱えた。私は一生、空虚な子宮を抱えて生きていくのに、同じ顔をした彼女は充実した子宮で子孫を残していくのだ。

牧原はどう思っているのだろう。本気で結婚する気でいるのだろうか。もしかしたら、牧原はまだ彼女の妊娠を知らないかもしれない。結婚するだなんて、彼女ひとりが勝手に思い込んでいる可能性もある。

牧原に連絡をとってみよう。

私はそう思ってベッドサイドの電話機を取った。仕事に行っているだろうとは思ったが、一応牧原の部屋に電話をする。案の定、留守番電話になっていた。私はデパートの方へ電話をしてみようとしたが、少し考えて行った方が早いかとベッドから下りた。

着替えをしようとクローゼットを開ける。並んだ服から着るものを選ぼうとして、私はおやと思った。

洋服が増えている。それも、見たことのない服が沢山クローゼットの中にあった。

私は買った覚えのない服を端から出し、ベッドの上に放った。ジャケットが三着、ワンピースが二着、スカートにブラウスにカーディガン。全部ブランド物だった。

私は色とりどりの新しい服を呆然《ぼうぜん》と見下ろした。これは彼女の持ち物だろうか。いや、服や日用品はお互いの物を使おうということになっていたので、彼女は福岡のアパートを出る時、小さな旅行鞄《かばん》をひとつ持っていただけだった。あの子はきっと、私のカードでこれらを買ったのだ。

「冗談じゃないわよ……」

独り言が震えていた。

確かに私は買い物に使ってと彼女にカードを貸した。街を歩けば、服の二、三枚は欲しくなるだろうと思ったからだ。けれど、限度というものがあるじゃないか。何も豪遊させようと思ってカードを渡したわけじゃない。

私は心底後悔した。私は彼女をあまりにも信用しすぎていた。自分の分身だから、私が嫌がるようなことは承知でいてくれると思い込んでいた。

彼女は、私ではないのだ。

私が私の利益を考えるように、彼女も彼女自身の利益を考えるのだ。それは必ずしも一致するとは限らない。こうやって正面から衝突することもあるのだ。

分身とはいえ、別の人間なのだ。別の人間のお金を勝手に使ったら、それは泥棒ではないか。

泥棒という言葉が浮かんだとたん、大きな不安が押し寄せた。まさかカードを使われるだけではなく、何か盗まれているのではないだろうか。

私は慌ててドレッサーの引き出しを開けた。そこには通帳やパスポート、ダイヤの指輪などの貴重品が入れてある。婚約した時にもらった指輪はちゃんとあった。通帳も免許証もある。ほっとしたとたん、彼女が病院へ行ったことを思い出した。

私は自室を出てリビングへ行った。オーディオラックの一番下の引き出しに、私と佐々木が共通に使う物が入っている。私はその引き出しを祈るような気持ちで開けた。家のスペアーキー、非常用の蠟燭《ろうそく》、エアコンの保証書。そういう物を上からひとつひとつ床の上に取り出してみた。思ったとおり健康保険証だけが見つからなかった。

怒りを通り越して私は悲しかった。そして彼女に軽い恐怖心さえ湧《わ》いてくるのを感じた。

何とかしなくては。このまま彼女の好きにさせておいたらとんでもないことになりそうで、私は急いで家を出た。とにかく一度牧原に会ってみなくては。

マンションを出てすぐ近くのバス停まで歩くと、あまりの寒さに震えがきた。タクシーで行きたかったが、こういう時に限って空車が通らない。電話で車を呼ぼうかと考えているうちにバスがやって来た。

久しぶりの銀座は、重い雲の色を映して何となくすすけて見えた。歩道を行く誰もが寒さに首をすくめていた。

だが、デパートの中は春だった。パステルカラーの服の間を歩くうちに、冷たい指先がほぐれてくる。牧原がいる婦人服売り場に私は急いだ。そろそろ昼になる。彼が昼食に行ってしまう前に捕まえたかった。

私は彼がいるショップを、少し離れた所からそっと覗《のぞ》いた。レジに知らない顔の女の子がいて伝票整理のようなことをしている。他の店員の姿は見えなかった。私が売り場に入って行くと、その女の子は「いらっしゃいませ」と言ったきりまた熱心に伝票をめくり始める。

「あの、牧原さんはいらっしゃいます？」

私が聞くと、女の子は顔を上げた。

「あ、休みをいただいているんですけど」

「え？　お休み？」

私が驚いていると、彼女はじっと私の顔を見つめた。

「失礼ですけど、先週ワンピースを御買上げになって下さったお客様でしょうか？」

まだ二十歳にもならないように見える少女は、無邪気に笑った。

「え？」

「牧原を訪ねてらして、さくら色の、あ、あれです。あのワンピースを御買上げになられましたよね？」

女の子が指さした先に、薄桃色のワンピースが飾ってあった。確かにそれは今朝、クローゼットの中から見つけた服だった。

「そ、そうね。その時はどうも」

「明日、牧原が来ましたら、いらっしゃったこと伝えておきます。失礼ですけど、お客様のお名前は？」

「いいのよ。また明日来るから。牧原さんにも伝えなくていいわ」

そう言うと、私は足早にそこを離れた。冷たい汗が胸の谷間を流れていくのが分かった。

彼女はこのデパートに何度も来ていたのだ。分かってはいたけれど、こうやって事実を突きつけられるとかなり動揺してしまう。

私はデパートを出ると近くのカフェに入った。食欲はまるでなかったが、食べておかなくてはという義務感が湧いてきてランチを注文した。

許さない。

私はそう心に思った。

テーブルに届いたランチを、私は黙々と口に運んだ。頭の中で、許さない許さない、と繰り返していると、どんどん皿の上のものがなくなっていった。

食べ終わってコーヒーを啜《すす》る。その頃には、自分がかなり元気を取り戻していることに気が付いた。

上等じゃない、と私は思った。

彼女がその気なら、私も闘ってやる。大袈裟《おおげさ》だとは思わなかった。

もうひとりの蒼子は、私との約束など端《はな》から守るつもりはなかったのだ。私のカードで好きなものを買い漁り、行かないでと念を押したデパートへ行って、私の昔の恋人を捕まえて子供まで作ったのだ。そのくせまるで罪のない顔をして、私に微笑んでみせた。

「冗談じゃないわよ」

喫茶店にいるのを忘れて、私は独り言を言う。隣の席のサラリーマンがぎょっとしてこちらを見たが私は気にしなかった。

頬杖《ほおづえ》をついてコーヒーを飲みながら、私は牧原の行方を考えた。

もちろん、まったく別の用事で仕事を休んだのかもしれないが、彼女が産婦人科へ行ったのなら、その原因を作った牧原もいっしょに行ったということも考えられる。お優しい牧原のことだ。心細いから付いて来てなどと言われたら、仕事なんか休んで付き添って行くだろう。

私は爪《つめ》でテーブルをかつかつと叩《たた》く。

そうだとしたら、かなり事は面倒だなと私は思った。何とかして、彼女は佐々木蒼子ではなく、河見という男と結婚をしている女だということを分からせなくてはいけない。

しかし、私と彼女の外見はそっくり同じなのだ。どう言ったら分かってもらえるだろうか。

ふと思いついて、私はテーブルを叩く指を止めた。

では、私と牧原しか知らないことを、彼女の前で暴露してみせればいいではないか。旅行先で食べた物でも、私が牧原にあげたプレゼントでも、私と彼しか知らないことは山ほどある。

「……待って」

私はそう呟《つぶや》いて、顔を上げた。

何ということだ。どうして気がつかなかったのだろう。

牧原は、私と先に知り合っているのだ。彼女ではなく、私と先に会っているのだ。

思い出してみろ。福岡で会ったあの保険のおばさんのように、私と彼女をふたり同時に見たら、牧原の目には彼女は見えなくなってしまうのだ。

牧原だけじゃない。佐々木だって、河見だってそうだ。

私はたまらずプッと吹き出した。可笑《おか》しくて可笑しくて、笑いが止まらなくなる。

最初から、彼女に勝ち目はないのだ。

彼女は私のドッペルゲンガーなのだ。影が本体に勝てるわけがない。

声を上げて笑い出した私を、先程のサラリーマンが気味悪そうに見たかと思うと、逃げるように席を立って行った。

その日、私は牧原とも彼女とも会うことができなかった。牧原の方は明日デパートへ行けば会えるだろうからいいが、彼女が何時になっても家に帰って来ないことが不安だった。

　このまま彼女は戻らないつもりだろうか。夜中のベッドの中で私はそう思った。私の保険証とカードを持ったまま行方を晦《くら》まし、私になりすましてどこかで生きていく気だろうか。

　保険証もカードも、盗まれたと申請すれば新しいものが手に入る。彼女だって近いうちにどちらも使えなくなることぐらい承知しているだろう。それでも彼女が私の前から消える気なら、相当覚悟の上に違いない。

　見逃してあげようか。

　怒りも闘争心も、寝床の中では鳴りを静《ひそ》める。勝手なことをされるのはかなわないが、彼女の気持ちも分からないではなかった。

　東京での自由な生活を味わって、彼女は今までの河見との生活に疑問を持ったはずだ。もし私が入れ替わって生活してみようなどと提案しなかったら、彼女は時々殴られながらも、おおむね幸福な生活を続けていたはずだった。私が彼女に気付かせてしまったのだ。

私と同じように、彼女も途方に暮れたに違いない。これから先、どうやって生きていったらいいか分からなくなってしまったのだろう。そこへ牧原が現れた。私と彼女は元々同一人物なのだから、男性の趣味もそう違わないはずだ。彼女が素直で明るい牧原に好意を持っても不思議はない。そして、どういう過程でそうなったかは知らないが、ふたりは結ばれ子供ができた。彼女にとって渡りに船だったろう。どうしたらいいか分からないところで、するべき事ができたのだ。

　牧原はきっといい父親になるだろう。頼りないところもあるが、それなりに家庭は大切にするだろう。何より彼は暴力をふるうような人間ではない。そういう平和な毎日の中へ、何としてでも入って行きたいと思うのも無理はない。

　このままもし彼女が私の前から姿を消したなら、捜さないでおいてあげようか。彼女のことだからきっと牧原を何とか説得して、私とは顔を合わせそうもない所へ引っ越すかもしれない。そうしたらそれでいいではないか。

　私だって何も、彼女の不幸を望んでいるわけではないのだ。

　少し優しい気持ちになると、やっとほんのりと眠気がやってきた。

　甘かった。私は甘かったのだ。

　彼女に対して優しい気持ちになったりするのは、間違いだったのだ。

翌日、私はそのことを思い知らされた。

その朝、私は頭痛と共に目を覚ました。からだがだるく咳《せき》が出た。風邪をひいたと思い、私は風邪薬を飲んでもう一度ベッドに入った。

牧原に電話をしなくてはと思ったが、からだが言うことを聞かなかった。やはり疲れているのかもしれない。短い間に色んなことがありすぎた。せめて今日一日はぐっすり眠りたいと思った。

昼過ぎまで浅く眠っては目を覚まし、またとろとろ眠ることを繰り返していた。だんだん空腹が強く感じられ、時計を見上げると午後の三時になっていた。

私はのっそり起きあがり、パジャマのままキッチンへ行った。スパゲティーを茹《ゆ》でて食べ、牛乳を沸かして飲んだ。

頭痛はなくなっていたが、からだのだるさが取れなかった。牧原に連絡を取ろうかと思ったけれど何となくやる気がしない。おなかに物を入れたせいか、またとろんと眠気が襲ってきた。

ソファに寄りかかってうとうとしていると、玄関の開く音がした。私はびっくりして立ち上がる。彼女が帰って来たのだろうか。急いで廊下へ出ると、玄関で佐々木が靴を脱いでいた。彼も私を驚いた顔で見ている。

「何だ、いたのか」

かすかに微笑《ほほえ》んで佐々木は言った。ネクタイが曲がり、スーツもどことなくよれている感じがする。いつもパリッと隙《すき》のない佐々木とはどこか違う印象だった。

「こんな半端な時間に帰るなんて、どうしたの？」

本気で驚いて私はそう聞いた。

「明け方まで飲んでたんだ。それから、美樹のところに泊めてもらって帰って来た」

私は佐々木の台詞《せりふ》に目を瞠った。美樹とは、例の佐々木の恋人だ。けれど、彼はどんなに彼女とのことが明白になっても、私の前で彼女の名前を口にしたことはなかった。微笑みさえ浮かべている彼は、まるで友達のところに泊まってきたと報告するように悪気のかけらもなさそうだった。

「具合でも悪いの？」

私のパジャマ姿を見て、彼はそう言った。

「ちょっと風邪みたいで、寝ていたの。大したことないんだけど」

「そう。大事にしなきゃ駄目だよ。普通のからだじゃないんだから」

「……え？」

彼はそう言いながら私の肩を軽く叩《たた》いた。そしてリビングへ入って行く。私は彼の背中を慌てて振り返った。

「昨日はごめんよ。取り乱したりして」

私が佐々木の後を追って行くと、彼は照れ臭そうに言った。

「ずるい男だと思ったろ。いつも冷たくしてたくせに、いざ本当に君から離婚してくれって言われたら、自分でも驚くほど動揺しちゃって」

ネクタイを緩めながら、彼はソファにどすんと座った。

「君ひとりだったら、あそこまで動揺しなかっただろうな。やっぱりあの、牧原君だっけ？　彼がいたからだろうな。僕はあなたより蒼子さんを幸せにできます、だってさ。テレビドラマじゃあるまいし」

クスクス笑って佐々木は私の顔を見る。私は彼が何を言っているのか、まるで分からなかった。

「何言ってるの？」

「ああ、怒るなよ。悪く言ってるんじゃないんだ。彼ならきっと、本当に君を幸せにできるんじゃないかな。でもまあ、俺《おれ》も本当に自分のずるさに呆《あき》れたよ。他人に持って行かれると思うと惜しくなる。決心つけるのに一晩かかった」

いつになくよくしゃべる佐々木を、私は目を丸くして見つめる。どういうことなのだ。彼は何を言っているのだ。

「別れよう、蒼子」

顔を上げて佐々木ははっきりそう言った。その大真面目《おおまじめ》な顔を私は唖然《あぜん》と見た。

「わ、別れるって……？」

「子供ができちゃ仕方ない。その子のためにもなるべく早く届けを出そう。確か、女の人は離婚して半年ぐらいたたないと、他の人の籍に入れられないんじゃなかったっけ」

佐々木の言うことが頭の中でぐるぐる回る。私が頼んだ？　別れることを私がいつ頼んだというのだ。

「君はいつ牧原君のところへ引っ越すの？　俺も早いうちに美樹のところへ移るよ。なるべく早くこのマンションを売ろう。その金は君にあげるよ。君は慰謝料なんかいらないって言ったけどさ。俺は君を何年も苦しめたんだから」

「もう黙って！」

無意識のうちに私は叫んでいた。佐々木が驚いて立ち上がる。そして私のところへ来ると両手に手をかけた。

「どうした？　真っ青じゃないか。本当に具合が悪そうだな。医者へ行った方が……」

「やめてよっ」

私は佐々木の手を振り払った。

「蒼子？」

「騙《だま》されたのよ。あなたも私も、あの子に騙されたのよ！」

キョトンとする佐々木を置いて、私は自分の部屋に駆け込んだ。電話を取って、震える指で牧原の部屋の番号を押す。

何てこと。何てことなの、これは。

呼び出し音が鳴り、五回を数えたところで留守番電話に切り替わった。牧原の「ただいま出かけております」という声に向かって私は叫ぶ。

「そこにいるんでしょ！　分かってるのよ！　いるんなら電話に出なさいよ！　卑怯《ひきょう》者《もの》！」

叫んだとたん私は咳き込んだ。苦しくて涙が滲《にじ》む。咳が収まってくると受話器から彼女の声がした。

「……大丈夫？」

「大丈夫ですって？　ちっとも大丈夫じゃないわよ。あなた、佐々木に何を言ったの？　こんなの卑怯じゃない。あなた、私を何だと思ってるの？」

私がまくし立てても、彼女は何も言わなかった。

「あなたの思いどおりになんかさせないからね。あなたがその気なら、私だってやるわよ。あなたと牧原君の仲をこじれさせることぐらいできるのよ。あなた以上のことが私にはできるのよ」

長く黙った後、彼女はポツンと言った。

「……悪かったわ」

「悪いに決まってるでしょう。謝るぐらいなら、どうしてこんなことしたのよ。それから、保険証とクレジットカード返しなさいよ。あなた、泥棒よ。分かってるの？」

「うん。ごめんね」

「ああ、もうっ。とにかく今からそっちへ行くわ。逃げたりしたら承知しないわよ。逃げたって、牧原君から辿《たど》ればあなたの居所ぐらいすぐ分かるんだからね」

私は電話を叩き切った。

慌てて服を着替え、私は佐々木が何か言うのも聞かず家を飛び出した。

佐々木に、離婚を頼みに来たのは自分ではない人間なのだと説明しようと思ったが、口で言って分かってもらえるとは思えなかった。それより、彼女を佐々木の前に連れて来て、彼女がドッペルゲンガーであることを佐々木に見せればいい。その方が一目瞭然《りょうぜん》だろう。

タクシーを捕まえ、私は目黒にある牧原のアパートへ向かった。

彼と付き合い始めた頃は、何度か私は牧原のアパートへ行った。散らかった彼の部屋を片付けたり、手料理を作ったりするのが楽しかったのだ。けれど、それも長くは続かなかった。牧原は次第に私のすることに感謝しなくなったからだ。当たり前の顔をされてから、私は世話女房のような事をするのは一切やめた。

懐かしい道を車が走る。見覚えのある薬局の前で私は車を下りた。店の裏手に彼のアパートがある。車を下りると頬《ほお》に冷たいものが当たった。どうやら雨が降り出したようだ。私は小走りにアパートの鉄の階段を上がった。牧原の部屋のチャイムを鳴らすと、しばらくの沈黙の後、静かにドアが開いた。

「いらっしゃい。早かったのね」

かくれんぼをしていて見つかった子供のような顔で彼女は笑った。私は、どうしてこの子は何があっても笑っていられるんだろうと不思議に思った。

私は何も言わず部屋へ入った。そして苦い思いに顔をしかめる。最後にここへ来た時に、足の踏場もないぐらい散らかっていた１ＤＫの部屋がきちんと片付けられていたのだ。

「何か飲むでしょう？　寒いからココアがいい？」

私の背中に彼女が聞く。

「そんなもの、いらないわ」

私はコートを脱ぎながら、彼女を振り返った。

「お茶より先に、まず私に言うことがあるんじゃない？」

彼女は唇を尖《とが》らせる。そして肩をすくめた。

「勝手なことして悪かったわ」

「本当に」

私はソファに腰を下ろした。彼女はキッチンへ行ってココアを作り始める。香ばしい匂《にお》いに緩みそうになった頬を、私は掌《てのひら》で軽く叩いた。

これは彼女の作戦なのだと私は思った。誰かが怒ったり威圧的にかかってきた時は、抵抗したりしないで矛先をよそへ向けさせる。私はそんな方法は知らない。気に入らないことがあれば、すぐつっかかってしまう。きっと彼女は河見と暮らしていくうちに、こんな風に問題をはぐらかす術《すべ》を身に付けたのかもしれない。

しかし、今日はその手には乗らない。私は彼女が持って来たココアをにこりともせず飲んだ。

「私のクローゼットに、見たことのない服がいっぱいあったわよ」

彼女はカップを両手で持ったままうつむいている。

「誰が好き放題、買い物をしろと言ったのよ」

私はそう言いながら、彼女に右手を差し出した。その掌を彼女が不思議そうに眺めている。

「カードと保険証。返しなさいよ」

どうしてこう察しが悪いのだろうと私は苛《いら》ついた。彼女はゆっくり立ち上がると、自分のバッグからそれらを出し、無表情に私に渡した。

「それから、昨日のことをちゃんと説明してちょうだい」

「佐々木さんに会いに行ったこと？」

「それ以外何があるのよっ」

　声を荒らげると、彼女はお得意の溜《た》め息をついた。

「そんなにカリカリしないでよ」

「あなた、私を馬鹿にしてるの？　私は怒ってるのよ。あなたのやったことは泥棒と詐欺よ。どうして私にそんな仕打ちをするの？　そんなに私が憎いの？」

　彼女はほんの少し悲しそうな顔をした。持っていたカップを置くと、だるそうに前髪を掻《か》き上げる。

「昨日、牧原君といっしょに病院へ行ったわ」

　やっぱりと私は思った。

「私、本当に妊娠《にんしん》してた。そしたら牧原君、どうしても結婚しようって興奮しだしちゃって。これから佐々木さんの所へ行って、事情を全部話すって言うのよ。止めたんだけど聞いてくれなくて」

「それで、この人の子供ができましたから離婚して下さいって、ふたりで佐々木に頼みに行ったわけ？」

唖然として聞くと、彼女がこっくり頷《うなず》く。

「あなたねえ。止めたなんて嘘《うそ》なんじゃない？　都合のいいように事が運んだって喜んでたんじゃない？」

問い詰めると、彼女はゆっくり睫毛《まつげ》を伏せた。

「あなたには悪いけど、そうかもしれない」

「冗談じゃないわ！　あなたは私じゃないのよ！　そんな勝手なことする権限はどこにもないのよ！」

私の言うことを無視して、彼女は突然聞いてきた。

「佐々木さん、何て言ってた？」

「え？」

「会ったんでしょう？　ねえ、何て言ってたの？」

大きな両目で見上げられて、私は戸惑う。

「何てって……別れようって言ってたわ」

「それだけ？」

「昨日は取り乱して悪かったとか、牧原君なら君を幸せにできるとか、あとは男はずるいとか、そういうことよ」

「そう」

　彼女はそれを聞いて、曖昧《あいまい》に笑ってみせた。

「何よ。どういう事なの？」

「昨日、佐々木さんね、牧原君のこと殴ったのよ」

「え？」

「それも喫茶店の中でね。びっくりしたわ。よっぽど悔しかったのね」

　私は彼女の笑った口許《くちもと》を、食い入るように見つめた。

「私、もしかしたら佐々木さんはまだ、あなたのことを好きなのかと思った。好きな女に手を出されて悔しいのかと思った。けど、違うみたいね。佐々木さんって、きっとプライドがものすごく高いのよ。自分から離れて行くのはよくても、相手からふられるのは我慢ならないのかもね」

「何が言いたいの……？」

　意志に反して言葉が震えた。心臓の鼓動が早くなる。佐々木が牧原を殴った？　まさか、あの人がそんなことをするなんて。

「あんな人、離婚して正解よ。今までほったらかしにしてたくせに、人に取られると思ったら惜しくなるなんて最低」

　そのとたん、パシッと鋭い音がした。目の前によろけて絨毯《じゅうたん》に手をついた彼女が見える。私が彼女を叩いたのだとやっと気が付いた。

「最低なのは、あなたよ」

唸《うな》るように私は言う。

「佐々木は私のことが、まだ好きなのかもしれないでしょう。他の男に持っていかれることになって、やっとまだ私を愛してることに気が付いたのかもしれないでしょう？」

頬を何かが伝って落ちる。いつの間にか私は泣いていた。彼女は私を無表情に見上げている。

私はその時、初めて気が付いた。なんて私は馬鹿なのだろう。私はいつだって佐々木が好きだった。愛情が欲しかったのに、彼はそれをくれなかった。私は冷たい彼に反発していただけだったのだ。

今素直になれば、もしかしたら佐々木とやり直せるかもしれない。

私は彼女の腕を取って立ち上がらせた。

「行きましょう。コート着てよ」

「行くって、どこへ？」

「私の家よ。佐々木に会うの。彼に会って、牧原君を殴った理由を聞きましょうよ。あなたの言うとおり、ただプライドを傷つけられたからなのか、それとも私をまだ好きだからか、本人から聞きましょうよ」

彼女の目に、初めて狼狽《ろうばい》の色が見えた。それはそうだ。ふたり同時に佐々木の前に出たら、ドッペルゲンガーの方は見えなくなってしまうのだから。

「いやよ」

「行くのよ。離婚を申込みに来たのは私ではなくて、私にそっくりな顔した詐欺師だってことを佐々木に伝えに行くのよ」

その時、外から階段を上るカンカンという音が聞こえてきた。腕を引っ張りあっていた私達は、お互い顔を見合わす。

「牧原君？」

「違うと思うわ。まだ六時前だもの」

そのとたん、鍵《かぎ》がガチャリと開く音がした。彼女の顔があっという間に蒼白《そうはく》になった。

「お願いっ。隠れてっ」

私の腕を、彼女はものすごい力で引っ張った。

「一生のお願い。私はあなたに何か頼める立場じゃないことは分かってる。けど、今だけはお願い。牧原君の前で消えたくないの」

こんな必死な顔をした彼女を私は初めて見た。彼女が窓を開けて、私をベランダへ押し出そうとする。私はその迫力に、されるがままベランダへ出てしまった。

しかし、遅かった。私がベランダに置いてあったサンダルを履いたところで、牧原が部屋へ入って来た。

「蒼子さん？」

私と彼女は、同時に牧原の方を振り返った。牧原はキョトンとこちらを見ている。

「窓なんか開けて、どうしたの？」

「猫の鳴き声がしたもんだから……」

彼女の震える口がそう呟《つぶや》いた。すると牧原はにっこり笑い、こちらへ向かって歩いて来た。

「牧原君っ」

私は彼を呼ぶ。けれど、彼は眉《まゆ》ひとつ動かさない。彼は窓のところまでやって来て、外へ顔を出した。私と牧原の肩は、もう少しで触れそうな所にある。けれど、彼は私の方を見もしなかった。

「最近、隣の部屋の奴が猫飼いはじめたらしいんだ。まあ、いいんだけどね。餌《えさ》なんかやらない方がいいよ。こっちに居つかれたらかなわないから」

牧原はそう言って、彼女の頭をポンポンと軽く叩《たた》く。彼女は目を瞠って私の方に顔を向けた。

まさか。

見えていないの？　牧原には、私が見えないの？

思わず私は、彼の背中に手を伸ばした。

「牧原君。私よ。本当は見えてるんでしょう。ふざけないでよ」

音がするほど強く、私は彼の背中を叩いた。牧原は咄嗟《とっさ》に後ろを振り返る。私と目が合ってしばらく彼はこちらを見ていた。そして首を傾《かし》げる。

「今、叩いた？」

彼は彼女の顔を覗《のぞ》き込む。

「叩かないわ……」

「そっかあ？　変だなあ。まあいいや。今日は得意先に回って、直帰してきたんだ。どう？　佐々木さんは何か言ってきた？」

牧原はそう言いながら、窓を後ろ手に閉める。私の目の前でピシャリとガラス戸が閉じられた。

私は呆然《ぼうぜん》とベランダに立っていた。冷たい雨が顔や肩に降ってくる。あまりのことに頭の中が真っ白になった。

どういうことだ。牧原には彼女が見えて、私が見えないのだろうか。

部屋の中では、彼女が牧原に何かしきりに話しかけている。これでは私はまるで幽霊ではないか。私はここにいるのに。ここにいるのにっ。

「早く入って」

ガラス窓が開いて、はっと私は我に返った。

「今、牧原君、お使いに出したから。とにかくここを出ましょう」

コートを着ながら彼女が早口に言う。私は彼女に促されるまま、牧原の部屋を出た。

ちょうど通りかかったタクシーに、私と彼女は急いで乗り込んだ。

いつの間にか日は暮れていた。街灯や対向車のヘッドライトが車の窓に映る。そこへみぞれまじりの雨が当たって弾けていた。

私と彼女は、しばらく黙り込んでいた。寒さのせいか恐怖のせいか、歯の根が噛《か》み合わずカチカチ音をたてている。薬が切れてきたのか、また頭痛がしだした。

ふと、彼女が私の方に手を伸ばす。そして私の手をそっと上から握った。温かいその掌を私は振り払う気力もなかった。

「見えなかったみたいね」

ポツンと彼女が言った。私は認めたくない事実を突きつけられて、言葉が出てこなかった。

「驚いたわ。てっきり私の方が消えると思ってたのに」

「……私だってそう思ってたわよ」

「ねえ。アトムの歌、覚えてる？」

「え？」

　彼女の唐突な質問に、私は顔をしかめた。

「何よ、それ」

「鉄腕アトムよ。歌える？」

「こんな時に、何言ってるのよ」

「いいから、思い出してみて」

　強く言われて、私はアトムの歌を口ずさもうとした。ところが、メロディーも歌詞もまるで思い出せなかった。

「……どういう出だしだったかしら」

「じゃあ、ピンクレディーのＵＦＯは？」

　私はこめかみを指で押した。いくら考えても、どちらも思い出せなかった。そのうち頭痛が激しくなってくる。

「もうやめて。それでなくても頭が痛いのに。こんなことどういう意味があるの？」

「私も福岡にいる時、そうだったの」

「どういうこと？」

「有名な歌とか、知っているはずの大きなニュースとか、何故だか思い出せないのよ。人に言われれば、ああそうかと思うんだけど。独身の頃のことなんか、ちょっと考えただけで頭痛がしたの」

　私は彼女の顔を見る。彼女の横顔は、影に包まれて表情が分からない。

「けど東京に来て、牧原君に会ってから、嘘《うそ》みたいに頭痛がなくなったわ。子供の頃のこととか、すごくはっきり思い出せるようになったし」

　私はじっとり手に汗をかいていることに気が付いた。

「……まさか」

「まさかよ、私に子供ができたとたんに、あなたの方がドッペルゲンガーになっちゃったんじゃないかしら。だから頭痛もあなたの方へ移っちゃったのよ」

「そんな馬鹿なこと！」

　思わず言うと、運転手が怪訝《けげん》そうにちらりと振り返った。私は慌てて口をつぐむ。

「どうしてよ。嘘よ。そんなこと、起こるわけないわ」

　涙声の自分が忌ま忌ましくて、私は首を左右に振った。

「落ちついて」

「嘘よ。あなたと牧原君で、私を騙《だま》そうとしてるんでしょう」

「だから、佐々木さんに会いに行くんでしょう？　佐々木さんの目には、どちらが見えるか確かめるのよ」

　そう言われて、私は初めて車の行く先に気が付いた。いつの間に彼女は行き先を告げていたのだろう。動転していたせいかまるで気が付かなかった。

「いやよ。行かないわ……運転手さん。戻って下さい」

そういう私の口を彼女が慌てて塞《ふさ》いだ。

「すみません。この人、酔っぱらってて。気にしないで下さい」

振り返った運転手に、彼女が愛想良く言う。そして表情を反転させて、私を睨《にら》みつけた。

「逃げる気？」

今にも私の首を絞め上げそうな顔をして、彼女は言った。

「あなたがさっき、佐々木さんの所へ行こうって言い出したのよ。佐々木さんの目には私のことが映らないって確信してたからでしょう。自分がどれほど残酷なことをしようとしたか、分からせてあげる」

彼女は私の手をギュッと握った。信じられないほど強い力だった。

マンションの前でタクシーを下りた私は、彼女を振り切って逃げようかどうしようか迷った。

ふいをついて突き飛ばせば、逃げられないこともないだろう。けれど、その先どうするというのだ。逃げても、私には行く所などない。私がどこかへ消えたら、何もかも彼女の思う壺《つぼ》ではないか。逃げることはできないのだ。

私は彼女に続いてマンションへ入る。守衛室にいた管理人が、こちらを見て小さく会釈をした。

「どっちが見えたのかしらね」

強気を装って私はそう言った。彼女はエレベーターのボタンを押しながら、小首を傾げた。

「さあね。聞いてきましょうか？」

そこでエレベーターの扉が開いた。私は何も言わずに乗り込んだ。彼女も後に続き、七階のボタンを押す。

「どうするつもりなの？」

上昇するエレベーターの中で、私は彼女に聞いた。

「どうするって？」

「これからのことよ。もし本当に私がドッペルゲンガーで、あなたが本体になってるとしたら、あなたは私をどうするつもりなの？」

両腕を組み、私は彼女を睨んだ。自分でも空威張りなのは分かっている。けれど、彼女をいい気にさせないためにも大きく出ておいた方がいいと思ったのだ。

「どうこうする気はないわ……」

彼女がそう呟《つぶや》いた時、チリンと音を立ててエレベーターの扉が開いた。私と彼女は顔を見合わせてからエレベーターを下りた。何年も住んで見慣れた廊下なのに、とてつもなく恐《こわ》い所へ来てしまったような気がした。

彼女が先に歩き出す。私は数歩遅れて、震える足を前に出した。

廊下の左側は、外へ面した窓が続いている。風が強くなってきたらしく、曇りガラスがカタカタ音をたてていた。できることなら、悲鳴を上げて逃げ出したかった。

彼女が廊下の角を曲がった。その先に私の部屋がある。佐々木が不在であることを、私は心から願った。

何歩か遅れて、私も角を曲がった。すると彼女の背中が目の前に立っていて、私はその背中にぶつかってしまった。

「……ちょっと、どうしたの？」

彼女の視線の先を辿《たど》る。その先に玄関のドアを閉めている佐々木の姿が目に入った。からだ中の血が、流れを止めた気がした。彼女も目を瞠って立ちすくんでいる。

佐々木は鍵を閉めるところでこちらへ顔を向けた。コートを着て、大きな旅行鞄《かばん》を持っていた。

彼は私達の方を見て、かすかに微笑《ほほえ》んだように見えた。驚いた顔ではない。

カツカツと革靴の音が近づいて来る。私は一歩も動けず、声を出すこともできなかった。

佐々木が近付く。眼鏡の奥の両目が、柔らかく細められた。

「蒼子」

彼は私の名前を呼んだ。

「美樹のところへ行くよ。ここは、君と牧原君で使っていい。大きい物はまた取りに来るから」

私に言っているんでしょう？　お願い。私よ。私を置いていかないで。

そう言おうとしたけれど、何も言葉にならなかった。

「僕は君のことが好きだった。嘘《うそ》じゃない。少なくとも結婚を決めた時は、本当に美樹より君が愛《いと》しいと思ってたよ。今更こんなことを言っても仕方ないけど、君がもう少し優しいものの言い方をしてくれたら、こんな事にはならなかった気がするよ。君の厭味《いやみ》を聞く度に、僕は美樹のところへ戻りたいと思うようになった。いや、君だけのせいじゃない。もちろん悪いのは僕だ」

佐々木は何もかもがふっ切れたような笑顔を見せた。

「今度こそ、本当に君が幸せになれることを祈ってるよ。お別れの時ぐらいキスしよう」

そう言って佐々木は手を伸ばした。彼の手が肩に触れた。そして唇が触れる。

「じゃあな。具合が良くないんなら、あんまり出歩かない方がいいぞ」

佐々木は彼女の肩を、名残惜しげに離した。

私はその横で、ただ木偶《でく》の坊のようにつっ立っていただけだった。彼の背中が廊下の角を曲がり見えなくなった。

そのとたん、ぐらりと視界が揺れた。

そして世界は闇《やみ》になった。

――蒼子B

「どうしたの？　しっかりして」

河見蒼子は、崩れるようにして倒れた佐々木蒼子を慌てて支えた。けれど、すっかり意識を失ってしまったらしく、頰《ほお》を叩《たた》いてみても目を開ける気配はなかった。

佐々木が去って行った方向に、蒼子は視線をやった。そして開けかけた口を慌てて閉じる。佐々木を呼び戻したところで、彼には彼女の姿が見えないのだ。

蒼子は部屋の合鍵《あいかぎ》を出し、玄関のドアを開けた。床にぐったり横たわる彼女を何とか抱き上げ、家の中に入れた。

彼女のからだは、びっくりするほど熱かった。息づかいが激しい。相当熱があるようだ。蒼子は足元につっ伏している、同じ顔をした女を見下ろした。

牧原にも佐々木にも、彼女の姿が見えなかった。よほどそのことがショックだったのだろうと思った。自分はドッペルゲンガーではなく、本体になったのだと蒼子は確信した。本体と影が入れ替わったのだ。

牧原と寝た次の日から、嘘《うそ》のように頭痛がなくなったのを、蒼子は不思議に思っていた。その後、福岡から戻った彼女が頭痛を訴えた時ピンと来た。もちろん想像でしかないのだが、子供を宿すことによって生命のエネルギーのようなものが強くなり、本体と影という関係が入れ替わったのではないかと蒼子は考えた。

自分が本体ならば、もう恐《こわ》いものは何もない。誰かの目の前で、突如として消えてしまうことはないのだ。そう思うと、蒼子は安堵《あんど》がからだ中に広がるのを感じた。もう彼女から脅されることはないのだ。

蒼子にとって牧原と関係を持ったのは、束の間の抵抗だった。本体である彼女と並べば、牧原の目には自分の姿が見えなくなってしまうことは最初から承知していた。本体である彼女には勝てないことはよく分かっていたのだ。

だから牧原と寝たのは、具体的に何か狙《ねら》いがあったわけではなかった。牧原が嫌いなタイプではなかったのと、彼女はまだ彼に未練があるようだったので、その男と自分が寝たら小気味いいだろうと思っただけだった。その半ばやけくそな行動が、思いもかけない幸運を生んだ。牧原の子供がおなかに宿ったとたん、自分は影ではなくなったのだ。

蒼子は目の前に倒れている、同じ顔をした女が憎かった。

自分のことしか考えないわがままな女。思いやりのかけらもない冷酷な女。

彼女にドッペルゲンガー扱いされる時、こちらがどういう思いをしていたか、彼女は考えもしなかったに違いない。

あの夜のことは、忘れない。

福岡で彼女がしたこと。どういう時にドッペルゲンガーが消えてしまうか実験した、あの日のことを蒼子は一生忘れないだろうと思った。

自分は他人の視界から消えることはないのだと確信すると、彼女はこちらのことなど忘れて露骨に安心していた。そして影である自分を、残酷な女王のように見下ろした。あなたは一生、私には逆らえないのよとばかりに微笑《ほほえ》んでいた。

眠れなかったあの夜、彼女が最初からこちらをひとりの人間として見ていなかったことを蒼子は実感した。彼女にとって、自分はただのレプリカなのだ。優しい言葉をかけるのは、いいように蒼子を利用したいからなのだ。

確かに自分は、元々はいない人間だったのかもしれない。本体と並ぶと消えてしまうような、希薄な存在なのかもしれない。けれど、自分だって生きている人間なのだ。ロボットでも幽霊でもない。本体だからといって指図したり脅したりするのは許せなかった。

真夜中にそっと半身を起こし、蒼子は隣ですやすや眠る、もうひとりの蒼子の寝顔を見つめた。

初めて会った時から、いけ好かない女だった。同じ人間であるはずなのに、蒼子はどうしても佐々木蒼子を好きになることができなかった。それは、彼女が自分を見下していることを感づいていたからなのかもしれない。

本体に勝てないことは分かっている。最終的には彼女の言うことを聞かなくてはならないかもしれない。けれど、何もかも彼女の言いなりになるのは御免だった。できる限り彼女の裏をかいてやろうと蒼子はあの晩決心した。

あの夜と同じように、蒼子は無防備な彼女を見下ろしていた。

このまま放っておいたら、この人はどうなるだろう。死ぬだろうかと蒼子は思った。

彼女の顔を見ているうちに、ある考えが蒼子の頭に浮かんだ。こんな時に恐いぐらい頭の回る自分が頼もしく思えた。

そうしているうちに、彼女が小さく声を漏らす。意識が戻ったのかと蒼子は身を固くしたが彼女の目は開かなかった。

急がなくては。

こんなチャンスはもう巡ってこないかもしれない。ためらっている余裕はないのだと、蒼子は自分に言い聞かせた。

蒼子は彼女のバッグを探って、先程取られた健康保険証とクレジットカードを出し、自分の鞄《かばん》に入れた。彼女の部屋へ行き、ドレッサーの引き出しからパスポートや運転免許証、通帳や印鑑など身分が証明できそうな物を皆取り出して、鞄に押し込んだ。

玄関に戻ると、蒼子は倒れた彼女を抱き起こし、苦労して肩に担いだ。けれど、玄関を出て五歩も歩かないうちに、ずるずると彼女のからだが滑り落ちてしまう。先程はほんの少しの距離だったので何とか運べたが、この状態でマンションの下まで運ぶのは相当難しそうだ。

それでも、人の助けを呼ぶわけにはいかない。早くしなくては、住民の誰かに見られてしまう。

蒼子は満身の力を込めて、彼女のからだを持ち上げた。そのとたん、彼女が小さく呻《うめ》いた。慌てて下ろし顔を覗《のぞ》き込むと、彼女はうっすら目を開けた。

「……蒼子ちゃん？」

「病院へ行くわよ。しっかりして」

「……私、どうしたんだっけ」

「いいからおぶさって。さあ早く」

まだはっきり意識が戻らないのか、彼女は言われるまま蒼子の背中に手を回した。子供のようにしがみついてくる彼女を、蒼子はおぶったままエレベーターに乗る。このまま誰にも会わないことを神に祈った。

蒼子は一階ではなく、二階でエレベーターを下りた。一階で下りれば、管理人に姿を見られるのは必至だろう。蒼子は二階の廊下を歩き、マンションの外壁に備えつけてある非常階段へ出た。みぞれまじりの雨が激しくなっている。蒼子は冷たい雨の中、滑らないよう用心して階段を下りた。背中から彼女の重みがずっしりのしかかってくる。彼女の足を支えている手も、少しでも気を抜いたら力が抜けそうだった。

やっと階段を下りると、蒼子はマンションの裏手にある小さな公園へ急いだ。雨が目に入り、放り出してしまいたいほど彼女のからだが重かった。妊娠《にんしん》を告げた医者が、冷やしたり極端に重い物を持ったりしてはいけないと言っていたことが頭をよぎる。

蒼子は何とか公園にたどり着いた。公園の端に立った東屋《あずまや》に、力を振り絞って歩いた。

丸太を横半分に切っただけのベンチに彼女を下ろすと、蒼子は乱れた息を必死で整えた。自分の両手が激しく震えていることに気が付く。蒼子はたすきがけにしてあった自分と彼女のふたつのバッグを肩から外し、止め金を外そうとした。指が震えて思うように鞄が開かない。

「お願い、開いてよ。急いでるのよ」

独り言を呟《つぶや》きながら、蒼子はやっとの思いで鞄を開けた。自分の財布を取り出し、中からレンタルビデオ屋の会員証を出した。自分の名前と福岡の住所と電話番号が書いてあることを確認する。

蒼子はそれを彼女のバッグに押し込んだ。その時、彼女の財布が手に触れた。ほんの一瞬迷ったが、蒼子はその財布を抜き出し自分のポケットに入れた。バッグを彼女の足元に放って、蒼子は立ち上がった。

彼女の顔をもう一度覗き込む。無意識に額に触れようとした自分の手を、蒼子は引っ込めた。

もう、よそう。

この後どうなろうと、知ったことではない。このまま彼女が死のうと、河見にどうされようと、私の知ったことではない。蒼子は自分にそう言い聞かせた。

そして雨の中、公園の入口に見えている電話ボックスに向かって走り出した。

蒼子が牧原の部屋に戻ると、全身ぐっしょり濡《ぬ》れた姿に、彼は大きく目を瞠った。

「どこに行ってたんだよ。ああ、そんなに濡れて。蒼子さんってわけ分かんないなあ」

文句を言いながら、牧原は蒼子を部屋の中へ引き入れた。

「こんなに冷えちゃって。どうして黙って出かけたりするんだよ。普通のからだじゃないのに。俺《おれ》がどんなに心配したか分かってるの？」

蒼子は牧原からタオルを受け取り、黙って髪の雫《しずく》を拭《ふ》いた。

「お風呂《ふろ》入りたい……」

「今、入れてきてあげるから。ストーブの前に座ってなよ」

牧原が風呂場に消えると、蒼子は電気ストーブに凍った両手を翳《かざ》した。風呂に入っ

ている間に、どこへ出かけていたのか言い訳を考えなくてはと蒼子は思った。ここまで戻って来るタクシーの中でも考えていたのだが、うまい嘘がひとつも思い付かなかった。

「はい。お茶」

後ろから声をかけられて、蒼子は振り返った。牧原が湯飲みを差し出している。受け取って啜《すす》ると、煎茶《せんちゃ》のいい匂《にお》いがした。その香りに突然河見の顔を思い出した。河見は日本茶が好きだった。コーヒーや紅茶は安物でも文句を言わなかったのに、煎茶だけはいい物でないと口をつけなかった。

「蒼子さん？　聞いてる？」

「え？」

　はっとして蒼子は、湯飲みから顔を上げた。

「だから、どこへ行ってたんだよ。心配したんだぞ」

「ごめんなさい」

「ごめんなさいじゃ分からないよ。俺には言えないの？」

　蒼子は大きく息をついた。牧原の追及は無理もない。逆の立場だったら、蒼子もどこへ行っていたのか問うだろう。けれど、彼の納得がいく嘘を考えるだけの元気がなかった。苦し紛れに蒼子は適当な事を言った。

「ちょっと、マンションに忘れ物を取りに行っただけよ」

「本当に？」

疑りの目をしている牧原から視線をそらし、蒼子は立ち上がった。無言のまま風呂場へ向かう。牧原が後ろから何か言うのが聞こえたが、蒼子は無視して服を脱いだ。風呂場の戸を開け温かい蒸気の中へ入って行く。

蒼子は湯船に身を沈めて目をつぶった。冷えきったからだに、温もりが染みわたる。彼女はどうしただろうと蒼子は思った。公園で女の人が倒れていると、電話で救急車を呼んだ。今頃、どこかの病院に収容されているだろうか。

お湯に顎《あご》までどっぷり浸《つ》かり、蒼子は考えた。

今頃、彼女のバッグからビデオ屋の会員証を見つけた看護師が、福岡に連絡をしているだろうか。河見は自分の妻が、東京の小さな公園で倒れているのを聞いてどう思うだろうか。とにかく明日か明後日には、河見が上京して来るだろう。その時までに、彼女は目を覚ましているだろうか。周りの人間に、あなたは河見蒼子だと言われて、私のしたことに気が付くだろう。

彼女が目を覚ます前に、河見がやって来ることを蒼子は祈った。彼女を強引に福岡へ連れ帰り、あのアパートに閉じ込めて、二度と外へ出さないようにしてくれたらいい。

蒼子は目を開け、水蒸気に曇った天井を見上げた。

そううまく行くわけはない。可能性はあるが、そこまでうまく事は運ばないだろう。

殺しておくべきだったのだ。

蒼子の頭の中で、自分ではない誰かが囁《ささや》く気がした。温まったはずのからだに、ぞっと鳥肌がたつ。

佐々木蒼子が憎かった。それは確かだ。殺そうと思えば殺せる状況だった。生かしておけば、いつかまた彼女は蒼子に近付いて来るだろう。本当に安心して暮らすためには、あの場で殺しておくべきだったのだ。

蒼子は濡れた両手で顔を覆った。

次に彼女に会った時、自分は彼女を殺してしまうかもしれない。蒼子は自分の内に潜《ひそ》んだ殺意が恐ろしかった。

いったい、自分は何のために生まれたのだろうと思った。もう片方の自分を殺すために生まれたのではないはずだ。いったい自分はどこから来たのか。何をするためにここにいるのか。

蒼子は濡れた髪をぷるんと振って、湯船を出た。突き詰めて考えることが恐くなったのだ。スポンジに石鹸《せっけん》を泡立ててからだを洗う。

おなかのあたりが、少し重く感じられるのが心配だった。一番流産しやすい時だと

医者は言っていた。蒼子は左手でそっと、自分のおなかに触れてみた。まだぺしゃんこな腹の中に、既に命が生まれていると思うと不思議だった。

正直に言えば、蒼子は子供が欲しいわけではなかった。牧原に避妊するように忠告したのに、彼がしくじったのだ。しかし結果的には、子供を宿すことで蒼子は影から本体に変わることができた。ということは、この子を堕《お》ろすことはできないのだと蒼子は思った。おなかの赤ん坊がいなくなれば、自分はドッペルゲンガーに戻ってしまうに違いない。

熱いシャワーを浴びながら、蒼子はこれからのことを考えた。

今晩はまだ平気でも、明日にはここを出なくてはと蒼子は思った。

彼女が目を覚まし、蒼子のしたことに気が付いたら、彼女はここへやって来るだろう。

しばらくお金の心配はない。盗難届を出されたら彼女のクレジットカードは使えなくなるので、限度額いっぱいの現金をキャッシングとして引き出しておいたのだ。それに、自分が佐々木蒼子となった今では、あのマンションでさえもう自分のものなのだ。

ホテルにでも身を隠して、牧原に引っ越すことを勧めようか。何とか理由をつけて転居と転職をさせれば、もう彼女が自分を見つけることはできなくなるかもしれない。

明日からしばらくホテルへ泊まることを、どうやって牧原に納得させたらいいか蒼子は考えた。なかなかうまい言い訳を思いつかず、蒼子は溜《た》め息をつく。

「……何か、疲れちゃったなあ……」

シャワーの雨の中、蒼子は小さく呟いた。


蒼子が風呂から出ると、牧原が不貞腐《ふてくさ》れた顔でテレビを見ていた。

そのままずっと不貞腐れていてくれたら静かでいいと蒼子が思っていると、三十分もたたないうちに牧原が擦り寄って来る。

「蒼子さんさあ。本当に俺のこと愛してる？」

唇を尖《とが》らし牧原が言う。その子供染みた態度に、蒼子は眉《まゆ》をひそめた。

「あ、どうしてそんな嫌な顔するんだよ。ひどいなあ」

「嫌な顔なんかしてないわ」

蒼子は努力して笑顔を作った。彼女が笑ったので、牧原は少しほっとしたようだ。

「約束してほしいことがあるんだ」

牧原は蒼子の手を握って言った。

「これから俺達結婚するんだからさ。お互い隠し事をするのはやめようよ。秘密は一切なし。そうやっていこうよ」

大真面目《おおまじめ》な顔で牧原は言った。

「何を言い出すかと思ったら」

思わず蒼子は呆《あき》れた声を出してしまった。

「何だよ。気に入らないの？」

「そういうわけじゃないけど」

「けど、何だよ。夫婦に大切なのは信頼感だろう？　蒼子さんは一回失敗してるから、分かるはずだよ。疑いを持ったらお終《しま》いだよ。さっきみたいなことされたら、誰だって何かあるのかって疑ってみたくなる。佐々木さんといる時も、こんな事してたのかい？」

蒼子は牧原の顔を見つめた。自分はこの男を愛しているのかと自分に問うてみる。嫌いではない。けれど愛しているわけではなかった。そしてこの先、牧原を愛せるかどうかも自信がなかった。牧原の言うことは間違ってはいないと思う。けれど共感はできなかった。

蒼子は立ち上がってベッドに入った。その後を牧原が付いて来る。

「話の途中で何だよ」

「さっきからちょっと具合が悪くて。もう眠らせて」

牧原は何か言いたげに口をもぐもぐ動かしたが、諦《あきら》めたのかくるりと後ろを向いて

風呂へ入りに行った。

　そのうちパジャマに着替えた牧原がベッドの中に入り、子供の名前を考えようだの、何年先になってもいいから式を挙げようだのうるさいぐらい蒼子に話しかけた。そのくせ蒼子が寝つく前にぐうぐう鼾《いびき》をかき始める。

　蒼子は疲れているのでぐっすり眠れるはずだと思っていたが、目が冴《さ》えてしまって、なかなか寝つかれなかった。

　翌朝、牧原がベッドを出ていく気配で蒼子は目を覚ました。朝刊がポストに入れられる音を聞いた後、やっとうとうとできたのでそう何時間も寝ていない。

「具合はどう？」

　牧原がネクタイをしめながら、ベッドの中の蒼子を覗《のぞ》き込む。曖昧《あいまい》に微笑《ほほえ》んで、蒼子はからだを起こした。頭がぼうっとしてからだ中がだるかった。

「うん。もう平気みたい」

「本当かい？　無理してないか？」

「大丈夫よ。ご飯、食べて行くでしょう。作るわ」

「ああ、いいよ。寝てなよ」

　牧原にそう言われて、蒼子は内心ほっとした。本当はとても台所に立つ元気などなかったのだ。

ネクタイを結んでしまうと、牧原はキッチンへ行きコーヒーを淹れ始めた。蒼子はゆっくり立ち上がり、カーテンを開けた。昨日とはうって変わって良い天気だった。パンを食べるかどうか聞かれて、蒼子は首を振った。まったく食欲がなかった。牧原がトーストを食べている間、蒼子は朝刊を取ってめくり始めた。

まず、都内版を隅々まで見てみる。載っているとは思えなかったが、港近くの公園で女性の行き倒れが見つかったという記事がないかどうか調べた。やはりそんな記事はなかった。

テレビ欄を眺めてから、三面記事に目を通す。見出しだけ一通り見て、次の面へ移ろうとした時、蒼子、という文字が視界をかすめた気がした。

蒼子は三面記事に目を戻した。コンサートチケットの広告と並んで、それはあった。

蒼子帰って来い、俺が悪かった　俊一

俊一は河見の名前だ。これは河見だと思ったとたん、胸が激しく痛んだ。河見が自分を捜している。全国紙にこんな広告を出したら、いったいいくらかかるのだろう。それほどまでの情熱を持って、河見は消えた女房を捜そうとしている。見

つけ出したら、彼はどうするつもりなのだろう。裏切った女房を彼は殴るのだろうか。それとも泣いて、帰って来てくれと懇願するのだろうか。

蒼子の頭の中に、河見と暮らした小さなアパートが蘇《よみがえ》った。青い畳と隣の部屋から聞こえる振り子時計の音。野球中継を見ながら飲むビール。それはとても懐かしく、苦しいほどに蒼子の胸を締めつけた。

「蒼子さん」

牧原に声をかけられて、蒼子は我に返った。

「じゃあ、行って来るから」

スーツの上着とコートを羽織り、玄関に向かう牧原に蒼子は付いて行った。靴を履こうとする牧原に靴べらを渡す。

「今日は一日、ここにいる？」

靴を履きながら、牧原が聞いた。

「うん。たぶん」

「……たぶん、ね」

牧原は、蒼子に靴べらを返した。

「どこかへ行ってもいいけど、行き先だけは教えてほしいな」

「…………」

「心配なんだよ。分かるだろう？　もちろん、からだのこともあるけど、蒼子さんがまた、俺から離れて行きそうでさ」

うつむいたまま呟く牧原の横顔を、蒼子はじっと見つめた。

「どうせ俺は佐々木さんみたいな高給取りじゃないよ。高卒で田舎から出て来たし、この先出世する展望もない。蒼子さんが不満を持つのも無理ないけどさ」

蒼子は牧原が高卒で地方出身だということを、今初めて知った。

「やっぱり、お金がないと駄目なのかい？」

子犬のような目で、牧原は蒼子を見た。

「……お金なんて」

「そうか。だったらいいけど」

口ではそう言いながらも、牧原の顔は明るくならなかった。

「どうせ俺は、蒼子さんから頼りにされるような男じゃないよ。分かってるよ。でもさ、何も言わずに消えるのだけは勘弁してくれないか。別れたいならそう言ってくれよ」

もし本当に別れたいなどと言ったら、牧原は電車にでも飛び込みそうな顔をしていた。

「今日、どこか出かけるなら、書き置きでもいいし留守番電話に入れてくれてもいい

し、居場所だけは教えてくれよな」

牧原は力なく笑うと、玄関の戸を開け出て行った。蒼子は黙って彼の背中を見送った。

蒼子は玄関から部屋に戻り、へなへなと絨毯《じゅうたん》の上に座り込んだ。牧原の、どうせ俺なんてという言葉がからだにベッタリまといつき、うっとうしくて堪《たま》らなかった。

これでは、佐々木蒼子と同じではないか。

蒼子は呆然《ぼうぜん》とそう思った。

河見の過剰な愛情を恐れ、牧原の卑屈さに嫌気が差した。それではこの先、自分は彼女と同じ運命を辿《たど》るのだろうか。

蒼子は手に触れた先程の新聞を拾い上げ、壁に向かって思い切り投げた。ぱさりと音をたてて新聞紙が床に舞う。

蒼子は恐《こわ》かった。

牧原への愛情が冷めていくのと同時に、河見との生活を懐かしんでいる自分がいた。たまに起こる河見の癇癪《かんしゃく》さえ我慢すれば、あれは本当に幸福な生活だったと感じ始めている自分が恐かった。

蒼子は自分が、メビウスの輪の上を走っているような気がして、背筋が寒くなった。裏を走っていたかと思うと、いつの間にか表に出、そしてまた同じ所に戻る。決して別の場所にたどり着くことはない、閉じられたリボンの上を走っているような気がした。

この道を外れるためには、どうしたらいいのだろうと蒼子は思った。

このまま誰にも告げず、どこか遠くへ消えてしまおうか。そうなれば、自分がドッペルゲンガーであろうが本体であろうが関係ない。愛してもいない男の子供を産まなくても済む。

自由だった。

蒼子は自分が自由であることを感じた。

このまま黙ってどこかへ行ってしまえば、もう誰も自分を捜すことができないのだと蒼子は思った。

数ヵ月は暮らしていけるお金もある。外国へ行くこともできる。どこかへ落ちついたら、何かして働けばいい。手に職もある。

そうすれば、自分は本当に自由なのだと蒼子は思った。

けれど、福岡から東京に帰って来た時のような胸の高揚はまるでなかった。それどころか、蒼子は胃の奥から不快なものが湧《わ》き上がってくるのを感じた。

慌てて洗面所に走り、便器に向かって嘔吐《おうと》する。昨夜からほとんど物を食べていなかったので、出てくるものは胃液だけだった。苦しさに涙がにじむ。

口の中に、とても苦く嫌な味がした。

欲しくてたまらなかった、自由の味が、それだった。

——蒼子A

目を開けるとぼんやりと白い天井が見えた。けれど、すぐまた目の前が闇《やみ》になる。まぶたが鉛のように重かった。

それでも、徐々に意識が戻ってくるのを私は感じた。先程見た白い天井はどうやら夢ではないらしい。あれはどこかで見たことのある天井だ。そうだ、あれは初潮がきた時だ。何が起こったか分からなくてパニックになった私を、保健の先生が優しく髪を撫《な》でてくれた。泣き疲れて眠ったあの小学校の保健室の天井だ。

こんなことを思い出すなんて、どうしたことだろう。人は死ぬ前に自分の人生を振り返るというから、もしかして私は死にかけているのだろうか。

私は死ぬのだろうか。

どうしてだろう。何故、今死なないとならないのだろう。

死にたくない。まだ、私は何ひとつ望んだものを手に入れていない。このままではとても死ねない。

いやだ。誰か助けて。

助けて。

「……さん。大丈夫ですか？」

声をかけられて、私は目を開けた。そのとたん、若い女の顔が飛び込んでくる。心配そうな表情の白い服を着た女性だ。

「悪い夢でも見たんですか？」

その女性がにっこり笑う。看護師だった。彼女の肩ごしに先程の白い天井が見えた。

「ものすごい声で叫んだんですよ。ああ、びっくりした」

「叫んだ？」

「助けてーって。よっぽど恐《こわ》い夢だったみたいね。ああ、起き上がったら駄目ですよ」

からだを起こそうとした私を、看護師が押し止《とど》める。私はそこで自分の腕に点滴の針が刺さっていることに気が付いた。

やっと頭が回り始める。どうやら私は病院のベッドに寝かされているようだ。どうしてこんな事になっているのか、私は記憶の糸を必死にたぐり寄せる。

そうだ。彼女とふたりで佐々木に会いに行ったのだ。マンションの廊下で、気持ちが悪くなったことは覚えている。それで気絶して病院に運ばれたのだろうか。

「あの……ここは？」

点滴の袋の具合を見ている看護師に、私は聞いてみる。彼女はある大学病院の名前を口にした。以前知り合いの見舞いに来たことがある病院で、知っている場所にいることが私を少し安心させた。

「昨日のことは覚えてます？」

「いえ、あまりはっきりとは……」

「晴海の方にある公園で倒れていたそうですよ。救急車で運ばれて来た時、すごい熱があってね、あのまま一晩外にいたら危なかったですよ」

「公園で？」

「どうして公園なんかで倒れてたんです？」

　それはこっちが聞きたいぐらいだった。黙っていると、看護師は私の肩のあたりを毛布の上から優しく叩《たた》いた。

「もう熱もそんなにないし、血圧も戻ってるから心配ありませんよ。でも、あと二、三日は入院して、ちゃんと検査しましょうね。ご主人に連絡しましたから、そろそろ来られると思いますよ」

「え？」

「鞄《かばん》の中にビデオ屋の会員証があったので、見せて頂きました。身元が分からなかったもので」

　申し訳なさそうに看護師は言った。私は反射的に微笑《ほほえ》んで首を振ったが、ビデオ屋の会員証を鞄に入れていたかどうかうまく思い出せなかった。それでも、もうすぐ佐々木が来てくれるのかと思うとほっとした。

「じゃあ、河見さん。点滴が終わりそうになったら、ナースコールを押して下さいね」

そう言って看護師が部屋を出て行く。私は目を丸くして、彼女の背中を見送った。

今、彼女は私を何と呼んだ？　河見さんと呼ばなかったか？

私は点滴のチューブに気を付けながらからだを起こした。ゆっくり部屋の中を見渡す。狭い個室はクリーム色の壁とカーテンに囲まれていた。首を曲げて背後の壁を見ようとした時、私は気が付いた。

ベッドの柵《さく》に、ネームプレートが掛かっている。『河見蒼子』と書かれていた。

私はそのネームプレートを啞然《あぜん》と見た。これはどういうことだ。私は佐々木蒼子だ。どうして河見になっているのだろう。

いやな予感が押し寄せてくる。私はあたりを見回して自分の鞄を捜した。

私は焦ってナースコールを押した。音がしないので、鳴っているのか鳴っていないのか分からず私は何度もボタンを押す。

「はいはいっ。どうしましたか？」

個室のドアが勢いよく開く。先程の女性ではなく、年配の看護師が入って来た。

「あの、私の名前が違ってるんです」

私はネームプレートを指して言った。とたんに彼女の顔が厳しくなる。そんなことで呼んだのかという表情だ。

「直しておくように言っておきます」

早口で言って、もうドアから出て行こうとした看護師を私は慌てて引き止める。

「ま、待って。あの、私の鞄はどこですか？」

行きかけた彼女はほんの少し考え、部屋の中へ戻って来た。胸に付けられたバッジに看護師長と書いてある。

「あなた、昨日救急車で運ばれた方よね？」

「はい」

「カバン、カバンと」

そう呟《つぶや》きながら、彼女はドアの横に立っているスチールのロッカーを開けた。

「これ？」

「そうです。それです」

彼女が差し出したバッグを私は受け取った。片手で止め金を開けようと苦戦し始めると、彼女が無言で開けてくれた。

「何を捜しているの？」

質問に答える前に私はそれを捜し当て、言葉を失っていた。

見覚えのないレンタルビデオ屋の会員証。河見蒼子という名前の下に、〇九二で始まる電話番号が書いてあった。

「これ、私のじゃないんですっ」

「え？」

「鞄は私の物なんですけど、これは私のじゃないんです。違うんです。私は佐々木です」

必死に言う私を、看護師長は目を丸くして見る。

「あの子だわ。そうよ。あの子が入れたのよ！」

思わず私は叫んだ。そうだ、私が気を失っているうちに彼女がこれを入れたのだ。

「どうしたの？　落ちついて。ね？」

彼女は私の背中を静かに揺すった。

「あなた、家出して来たんでしょう？」

その言葉に、私は顔を上げた。

「昨日、私がご主人に電話をしたの。そうしたら、女房は先週から行方不明だったってご主人泣かれてたわよ。喧嘩《けんか》でもしたの？」

「だから、私は違うんです。別人なんです」

訳が分からないという顔で、彼女は首を傾《かし》げた。

「じゃあ、どうしてあなたは違う人の会員証なんか持ってたの？」

聞かれて私は絶句した。一言で言える事ではない。けれど、説明したところで果して分かってもらえるだろうか。

そこで廊下から「師長さん」と誰かが呼ぶ声が聞こえた。

「ああ、悪いけど今立て込んでるのよ。後でゆっくり聞くわね」

そう言って、彼女はパタパタとドアから出て行った。

小さな個室にひとり残された私は、しばらく呆然《ぼうぜん》とベッドの上で口を開けていた。

思考が複雑にもつれ、糸口が見つからない。

「……落ちつくのよ。落ちつくの」

私は自分にそう言いきかせた。こんな所でのんびり寝ている場合ではないことは分かっている。では、まずどうしたらいいだろう。

私は昨夜のことを、じっと目をつぶって思い出した。

そうだ、私は牧原のアパートへ行ったのだ。そこで牧原の目に自分が見えないことを知った。その後私のマンションに戻り、佐々木に会ったのだ。

改めて思い出し、絶望の重みがずっしり全身にのしかかるのを感じた。そうだ、私はいつの間にかドッペルゲンガーになっていたのだった。

私が気を失っている間に、彼女は私に河見蒼子という名前を押しつけたのだ。あの子は今頃、佐々木蒼子になりすまして、どこかでけらけら笑っているに違いない。

許せない。

私は奥歯を噛《か》みしめた。

うまくやったつもりでいるのだろうが、絶対彼女の思う通りにはさせやしない。何としてでも私は彼女を捕まえて、私の名前と本体を取り戻してみせる。

私は点滴の袋を見上げた。まだ半分ぐらいしか減っていないが、このままじっとしているわけにはいかない。

河見がやって来るのだ。

もしかしたら、もうすぐそこまで来ているのかもしれない。

こうしてはいられないと、私は覚悟して点滴の針を引き抜いた。痛みが走り、ぷっくりと小さな血の玉が膨れ上がった。慌ててバッグからハンカチを出し、細く畳んで腕に巻いた。ハンカチといっしょに出てきた腕時計を見ると、四時過ぎを指していた。

私は先程のスチールロッカーを開け、自分の服と靴を出した。病院のものらしい検査衣を脱ぎ捨て、手早く服を着る。スカートもセーターも湿っぽく、コートの裾《すそ》が大きく汚れていたが構っている場合ではない。

河見に捕まったら、何をされるか分からない。彼の目には私が自分の女房に見えるだろう。別人だと言っても分かってもらえるわけがない。怒り狂ったあの男が何をするか考えただけでもぞっとした。

着替えた私は病室のドアをそっと開け、廊下を窺い見た。延びた廊下の右奥がナースステーションらしい。数人の看護師の背中が見えた。私はそっと廊下へ出た。そして足早に左方向へ歩く。階段を見つけて、私はうつむき加減に駆け下りた。

一階まで下りると、外来の受付のような所に出た。ずらりと置かれたベンチに、何人かの人が座っている。その向こうのガラス戸の外に、タクシーらしき車が見えた。どうやらここが正面玄関のようだ。私は真っ直《す》ぐ病院の出口に向かった。車にさえ乗ってしまえば、もう大丈夫だろう。ほっとして自動ドアから外へ出ようとした時だった。

「蒼子！」

後ろから大きな声がした。男の声だ。反射的に振り返った私の目に、見覚えのある大きな男の姿が映る。あたりにいた人間を容赦なく突き飛ばし、こちらに走って来る河見の姿が、スローモーションのように見えた。

私は停《と》まっていたタクシーの窓を、狂ったように叩《たた》いた。新聞を読んでいた運転手が、慌てて後部座席のドアを開ける。

「待て！　蒼子！　待ってくれ！」

タクシーのドアが閉まるのと、河見の足が自動ドアを開くのが同時だった。河見が伸ばした右手の先と、タクシーのドアは二メートルも離れていない。

「あの方、お客さんのこと呼んでませんか？」

「いいから早く出して！　早く！」

運転手は私に怒鳴られ、きょとんとしながらも車を出した。河見の血走った目と、私の目がかち合った。スピードを上げていく車がその視線を引き剝《は》がす。私はからだをねじって、タクシーの窓から後ろを見た。舗道を走って追いかけて来る河見の姿が小さくなっていった。

牧原のアパートへ向かうタクシーの中で、私はじっと自分の組んだ指先を見つめていた。

彼女はもう、牧原のアパートや私のマンションにはいないだろう。それは分かっていた。今、彼女がどこにいるのか、私には見当もつかない。けれど、彼女が牧原と結婚しようとしている以上、牧原なら彼女の行方を知っているはずだ。分からないことは知っている人間に聞けばいい。

病院と牧原のアパートが車で十分かからない所にあったので、とりあえず彼の部屋へ行ってみることにした。あまり期待はできないが、まだ彼女がそこにいる可能性もある。

彼女に対する憤りは怒りをとうに越えて、激しい憎しみになっていた。

頭の芯《しん》が、氷のように冷えていく。彼女に対する、分身だという微《かす》かな親近感はもうなかった。

私は彼女から、自分を取り戻す手段を考えた。

本体と影が入れ替わったのは、影に子供ができたからだ。ということは、子供さえいなくなれば、また私は本体に戻れるかもしれない。

彼女を捕まえて、流産させてしまおう。

けれど、どうやって？

いっそのこと、殺してしまえ。自らが生み出したものならば、この手で殺してしまうのだ。

「……殺してしまおう」

その独り言を呟いたとたん、頭の中で何かがぷつっと切れるような感じがした。そのとたん私は我に返る。

からだ中に鳥肌がたった。

今のは殺意だった。本物の殺意だった。

自分の人生の中で、誰かを殺したいなどと本気で思うことがあるとは夢にも思わなかった。

もし本当に彼女を殺したら、どうなるのだろう。

今、彼女が本体で私が影なのだ。本体がなくなったら、影も一緒に消えるのだろうか。オカルト映画の悪魔のように、ぐずぐずに溶けて形をなくすのだろうか。

私が本体であるうちに、殺しておくべきだったのだ。私と彼女は出会うはずのない存在だったのだろう。出会ってしまったからには、どちらかが消えてなくなる運命にあるのだ。

そこまで考えて、私は掌《てのひら》で顔を覆った。

では何のために、彼女はこの世に生まれたのだろうか。私は何のために、彼女を生み出したのだろうか。憎しみあうためだけならば、何故生まれる必要があったのか。これが神様がやったことだとしたら、神というものは何と意地の悪い傲慢《ごうまん》な存在なのだろう。

「お客さん？　このあたりでいいですか？」

運転手に声をかけられて、私は顔を上げた。

「……あ、はい。あそこの薬局の前で止めて下さい」

私は慌てて鞄を探り財布を捜した。けれど財布は入っていなかった。私はさあっと青くなる。

どうして確かめておかなかったのだろう。彼女が私にお金を残して行くわけがなかった。

「あ、あの。すぐ戻って来ますから、ここで待っていて下さいますか？」

運転手の顔が微妙に曇った。

「あそこのアパートです。忘れ物を取りに行くだけですから。本当にすぐ戻ります」

そう言い残して、私は車から下りた。小走りにアパートの階段を上がる。玄関横のガスメーターの上を祈るような気持ちで探った。ちゃりんと音をたてて鍵《かぎ》が足元に落ちた。

その合鍵で玄関を開け、私は牧原の部屋に入った。キッチンを抜け、真っ直ぐ部屋の奥へ向かう。テレビの横に置かれた小さなオーディオセットの横に、記憶どおりドラム缶の形をした貯金箱が置かれているのを見つけた。手に取るとずっしりと重い。裏蓋《うらぶた》を開けて振ってみると、小銭が絨毯《じゅうたん》の上に溢《あふ》れ出た。一円や十円に混ざって、銀に光る五百円玉も沢山入っていた。私は大きく息をつく。からだ中の力が抜けた。

私と牧原が付き合い始めたばかりの頃、彼が小銭をあちこちに放り出すのを見かねて、私がこの貯金箱をプレゼントしたのだ。いっぱいになったら何かおいしいものでも食べようと言って、ふたりで財布にある五百円玉を入れていた時期もあった。それがそのまま残っていたのだ。私は牧原のずぼらさに感謝した。

五百円玉だけざっと数えても七千円ぐらいはあった。これでタクシー代が払えると、私は胸を撫《な》で下ろした。

私は立ち上がって部屋の中を見渡した。掃除をしたばかりのように、絨毯にもテーブルにも塵《ちり》ひとつない。押入れや洋服簞笥《だんす》を開けてみたが、彼女の物は何も見つからなかった。

キッチンへ行くと、私は流し台の上に三つ折りに畳んだ布巾《ふきん》を見つけた。それを手に取ってみる。私がするのとそっくり同じ畳み方だった。水切り籠《かご》にはまだ乾いていないコーヒーカップが伏せられている。彼女がここを出て行ったのは、まだそれほど前ではないことが分かった。

まずは牧原に電話だと、私は電話機に振り向いた。受話器を取り上げようとした指が、ふと止まる。ほんの試しのつもりで、私はリダイヤルボタンを押した。自動ダイヤルの素早い音の後、呼び出し音が鳴る。

「新宿センチュリーホテルでございます」

明るい女性の声が、しんとした部屋に響いた。私は驚いて返事ができなかった。

「もしもし？　センチュリーホテルでございますけれども？」

「あ、すみません。そちらに」

私はしどろもどろになりながら、河見蒼子という人が泊まっていないかと訊《たず》ねた。コンピューターの端末を叩く音の後、電話口の女性は、そのようなお名前の方はお泊まりになっていらっしゃいませんと言った。私は少し考えて、旧姓を言ってみる。すると、答えはイエスだった。その人は部屋番号まで丁寧に教えてくれた。私はふらふらと立ち上がり玄関へ向かった。

その足が、キッチンで止まった。私は少し考えてから流し台の引き出しを開けた。記憶どおり、菜箸《さいばし》やしゃもじに混ざって小さな果物ナイフが入っていた。私はそれをじっと見つめた。

急いでタクシーに戻った私は、運転手にホテルの名前を告げた。運転手は私の顔を疑り深そうに見た。

「お財布をなくしちゃったから、お金を取ってきたのよ。ちゃんと払えるから安心して。急いでるんです。早くして」

私の言葉に、運転手は無言でエンジンをかけた。大通りに出ると無線でセンチュリーホテルと行き先を告げていた。

私はシートにからだを埋め、窓の外へ目をやった。国道沿いに立つビルの向こうに、暮れ始めた空が見えた。横断歩道に立つ人々や店のウインドーは見慣れた東京の景色なのに、とても遠くに来てしまったように感じた。まるで異国の道を走っているようだ。

日常生活というものを、私はいつからしていないのだろうとふと考えた。だいたい、この前何か食べたのはいつだったのかさえ、うまく思い出せなかった。おなかは空いているのかもしれない。けれど、まるで平気だった。私と同じ顔、同じ名前の彼女に会ってから、私はどこか歪《ゆが》んだ世界へ迷いこんでしまったのかもしれない。彼女に出会う前の生活がとても遠い記憶に感じた。

退屈で孤独で平穏な毎日。そこへ戻るにはどうしたらいいのだろう。

私は自分がとても疲れていることを感じた。彼女のことは何があっても許しはしない。けれど、もし首尾よく何もかもを元通りにすることができても、その後自分がどうしていくか、考えることができなかった。

頭痛がまた激しくなってきていた。ドッペルゲンガーであることの証《あかし》である痛み。お前のいる場所はここではないのだと、誰かが頭の中で脅迫を続けているような感じがした。

私はコートのポケットに手を入れ、持って来てしまった果物ナイフにそっと触れた。本体である彼女を殺してそれによって自分も消えるのならば、それが一番いいような気さえしてくる。そうすれば、この嫌な頭痛からも、生きる意味を捜す虚《むな》しい作業からも解放される。

「もう、いやだわ……」

何もかもが、煩わしく思えた。何でもいいから早く決着をつけ、ぐっすり眠りたいと思った。

西新宿の外れにあるそのホテルに着くと、私は小銭でお金を払った。運転手がまたじろじろと私の顔を見る。私は振り切るようにして車を下りた。

１４１０号室。とうとう彼女の居場所を突き止めたというのに、気持ちが沈んで仕方なかった。居場所が分かったからには行くしかない。エレベーターに乗った私の心臓が、不吉な音をたてて鳴っていた。

柔らかい絨毯張《じゅうたんば》りの廊下をゆっくり歩き、私は彼女の部屋の前に立った。震える腕を上げて私はドアをノックした。

しばらくするとかすかな足音が聞こえた。どなたですかと、細い声がする。

「私」

一言そう言うと、また沈黙が続いた。やがて鍵を外す音がしてドアが開かれた。

真っ青な顔をした彼女が私を迎えた。以前のように、あどけなく舌を出して笑ったりはしなかった。もう私達はかくれんぼをする年ではないのだ。

「どうぞ、入って」

彼女は戸惑いながらも私を部屋に入れた。私はすたすたと奥のソファセットまで歩く。ツインベッドの向こうの窓に、灯のともり始めた高層ビル群が大きく見えていた。

「そこへ座って。お茶でも取りましょうよ。コーヒーがいい？」

ルームサービスのメニューを、彼女は私に差し出した。受け取らず首を振った。

「何でもいいわ」

彼女は電話でコーヒーをふたつ頼んだ。受話器を置くと、窓際のベッドの端に腰を下ろす。手を伸ばせば触れられる距離に、彼女の白い頬《ほお》があった。編み込みのカーディガンに灰色のプリーツスカートという恰好《かっこう》は、彼女が福岡から東京へ発《た》つ時に着ていた服だった。

彼女は何も言わなかった。ただ、窓に顔を向けている。不思議とその態度に、私は反感を覚えなかった。柔らかいソファの感触に、やっと少し息がつけた気がしてしばらく私も同じように外の景色を見ていた。

「具合はどう？　どこの病院にいたの？」

先に口を開いたのは、彼女の方だった。私は化粧をしていない彼女の薄い唇を見た。

「どうしてここが分かったのか、聞かないのね」

質問には答えず私はそう言った。彼女はくすりと笑う。先程見せた戸惑いはもうなかった。

「聞いてもしょうがないでしょう。来ちゃったんだから」

開き直ったように彼女は言った。

「河見君に会ったわ」

私の言葉に、彼女が顔を上げる。

「あなたが企《たくら》んだとおり、会員証を見て、看護師が呼んだのよ。病院を出ようとした時ばったり会っちゃったの。間一髪のところで逃げて来たわ」

「……そう」

大して表情も変えず、彼女は頷《うなず》いた。私はその横顔に言った。

「返してよ」

「…………」

「名前も夫も生活も、何もかも私に返して。あなたには悪いことをしたと思っているわ。入れ替わってみようなんて言い出したのは私だし、迷惑をかけたと思ってる。だからって、こんな事をされるいわれはないわ。あなたはあなたの場所に帰って」

「返さないって言ったら？」

口の端で笑って彼女は答えた。

「返して」

彼女はゆっくり立ち上がると、窓の側《そば》へ行った。小さな背中が私の目の前にある。

私はポケットの中のナイフを握りしめた。

「あなた、牧原君のことが今でも好き？」

「どうして急にそんなこと聞くの？」

「私ね。会ったばかりの頃は、牧原君のことがすごくいい人に思えたの。明るいし優しいし、可愛《かわい》い人だなって。でも、いっしょにいるうちに、何だかうっとうしくなってきたわ。愛されて嬉《うれ》しかったはずなのに、そのうち、好かれていることが重荷に思えてね」

彼女は言葉を切った。こちらをちらりと見てからまた話しだす。

「いっしょでしょう。私達、同じ人間なんだもの。同じ結果になって当たり前よね。あなた河見君と暮らしてどう思ったの？　同じことを思ったはずよ。だから東京に帰って来たんでしょう？」

私は彼女の背中を見つめる。掌《てのひら》が汗で濡《ぬ》れてくるのが分かった。

「でも河見君よりは、まだ牧原君の方がましよ。だから返さないわ。あなたは影になったのだから、あなたが河見蒼子になるのよ」

彼女は窓を向いたままそう言った。その冷たい横顔。誰にも何者にも慈悲の手を差し伸べることのない頑《かたく》なな背中。

私は、この時初めて気が付いた。

どうして今まで気が付かなかったのだろう。目の前に立っている女は私なのだ。

嘘《うそ》つきでわがままで冷酷な人間。それが私だ。彼女は私そのものではないか。

「ポケットの中に何を持ってるの？　包丁？　鋏《はさみ》？」

彼女はゆっくり私の方に向き直った。言い当てられて、私は目を瞠った。

「どうして私が後ろを向いてる時にやらなかったの？　あなた、私を殺しに来たんでしょう？」

静かに彼女は言った。私は何も答えられず、ただ彼女の顔を食い入るように見る。すると彼女はクスクス笑い出した。

「殺せるわけがないわね。だって、今は私が本体だもの。本体が死んだら影はどうなるかしら。ね、やってみなくちゃ分からないわよ」

からかうような彼女の口調に、私は思わず立ち上がった。右手に握ったナイフをポケットから出し、革の鞘《さや》を取って捨てた。柄を両手で握り、銀色の刃を彼女に向ける。

「おなかの子供を堕《お》ろすのよ。私に何もかも返したら、あなたは好きな所へ行けばいい。捜したりしないから」

「それで、脅しているつもり？」

彼女は平気な顔でそう言った。そして一歩私の方へ足を踏みだす。また一歩。もう一歩。私は彼女が歩み寄るにつれ、じりじりと後ずさりをしている自分に気が付いた。背中が壁に当たる。私が握ったナイフのすぐ前に彼女がいた。今、思い切って踏み込めば、彼女のからだを刺すことができる。

両手が激しく震えていた。いくら力を入れても刃の震えが止まらない。

「近寄らないで。これ以上来たら、本当に刺すわよっ」

堪《こら》えきれずに叫んだとたん、彼女の手が私の手首を激しく打った。思わず落としたナイフを、さっと彼女が拾い上げる。あっと思った時には、刃の先が私の方を向いていた。

恐怖のあまり悲鳴も出なかった。逃げなくてはと頭で思っているのに、足が動かなかった。私は壁際にへなへなと座り込む。

「……私を、殺すつもり？」

下ろした右手にナイフを持ち、彼女は私を見下ろしている。その顔に表情がない。

「あなたって、本当に意気地なしね」

彼女はそう言ってから、くるりと背中を向けた。鞘を拾ってナイフを収める。それをテーブルの上に置いてこちらを見た。

「殺すわけないじゃない。あなたもそうよ。私のことを、あなたが殺せるわけないわ」

「……どうしてよ」

「私達がお互いを傷つけることは、自分の手首を切ることといっしょよ。意気地なしの私達には、そんな勇気、端《はな》っからないのよ」

その時、ドアのノックの音が聞こえた。私と彼女は顔を見合わせる。

「生きるの死ぬのは、お茶でも飲んでからにしましょう」

溜《た》め息まじりに彼女は言った。張り詰めた空気が途切れ、私はやっとのろのろと立ち上がる。

立ち上がったとたん、背後でバンと大きくドアの開く音がした。振り返って、私は驚きのあまりまた腰を抜かした。後ろ手にドアを閉め、男が立っていた。河見だった。

「蒼子。やっと見つけたぞ」

河見はそう言いながら、彼女に手を差し伸べる。彼女はさっと身を翻して、河見の手を逃れた。

「どうして逃げるんだ。なあ、蒼子。心配したんだぞ。何で家出なんかした？」

哀願するように河見は言う。彼女は床にへたった私を見た。あなたが連れて来たのかという目だ。私は首を横に振る。どうして、ここが分かったのだろう。

「……誰に聞いてきたの？」

彼女は後ずさりをしながら、河見に聞いた。

「あのタクシーだよ。お前の乗った車のナンバーとタクシー会社を覚えておいて、問い合わせたんだ。病院から抜け出したんだと言ったら、無線で問い合わせて、ここまで乗せたって教えてくれたよ」

無線で行き先を告げていた、あの運転手を思い出した。だから彼は私の顔をじろじろ見たのかと今更ながら思った。

「どうしてなんだ、蒼子。お前を殴ったことは謝る。もう二度と手をあげたりしない。頼むから、いっしょに帰ってくれ」

河見はベッドの向こう側へ逃げた彼女に向かって涙声で言った。私の方へはちらりとも視線を向けない。彼には私の姿が見えないのだ。

「どうして逃げる？　気が狂いそうなほど心配したんだ。昨日、東京の病院から、お前が公園で行き倒れてたって知らされて、俺《おれ》がどんな気持ちになったか分かるか？　どうした、何で逃げるんだ。こっちへ来い」

彼女は私に、目だけでドアの方向を指した。開けろと言っているようだ。私はそろそろ立ち上がり、ドアの方へ静かに歩く。

「なんばそわそわしよっとや。男でも来るとや？」

河見の声が、突然凄味《すごみ》を含んだものになった。

「やっぱりそうやったっちゃなっ。どこんどいつやっ。人ん女房に手ば出しやがってくさ。お前もそいつもぶっ殺してやる！」

「いいかげんにして！」

彼よりも大きな声で、彼女が叫んだ。私も河見も、予想外のことに驚いて息を止めた。

「あなたはいつもそうだわ。私を信用してくれたことなんかない。私はね、河見君以外の男の人と付き合ったことなかったのよ。私の人生は、突然二十三歳から始まったんだもの。河見君と結婚するために、この世に生まれてきたようなものよ。あなたみたいな女々しい男の世話をするために生きてるようなものなのよ。でもね、そんなの御免だわ。私はもうひとりの蒼子って女のためでも、河見君のためでもなくて、自分のために生きたいの。どこが悪いのよ。あなたこそ、死ねばいいんだわっ」

　彼女がまくし立てたとたん、河見の顔色が変わった。河見が彼女に襲いかかるのと、私が叫ぶのと同時だった。

「逃げるのよ！　こっち！」

　私はドアを開けに走った。彼女も河見の手を危ういところで逃れてこちらへ走る。

「この野郎っ」

　河見が逃げようとした彼女の手首を、飛びつくように捕まえた。そして力まかせに自分の方に引っ張る。彼女が彼の顔に、がりっと音がするほど強く爪《つめ》を立てた。

「き、貴様《きさま》っ」

　河見は捕まえた彼女の両肩を、力まかせに突き飛ばした。彼女のからだがテーブルと椅子《いす》をなぎ倒し、ものすごい音を立てる。一瞬時間が止まった。

「そ、蒼子っ」

河見は自分のしたことに今更のように驚き、彼女を抱き起こそうとした。その手を彼女が振り払う。

「あっちへ行って！　私に触らないで！」

「どうしてや、蒼子。俺ば愛しとうって言ったとは嘘やったとや」

私は床でもつれあうように争っているふたりの後ろで、床からナイフを拾った。テーブルが倒れた拍子に、足元まで飛んで来たのだ。ナイフを拾うと、河見の背中が目の前にあった。

この男さえ、いなければいいのだ。

河見がいなければ、自由になれる。

いつのまにか、私はナイフの鞘を取っていた。それを河見の背中へ向ける。その時、彼女と目が合った。

「やめてよ！　この人は私の夫よ！　こんな男でも、私が……」

彼女は急に言葉を切った。そしておなかを抱えてうずくまる。

「……蒼子？」

彼女の足元に、何かどす黒い染みのようなものが広がっているのが見えた。彼女のスカートの裾《すそ》が、濁った赤に染まっていることに気が付く。

血だった。それも、大量の血が流れているのだ。

叫んだのは、私ではなく河見だった。獣の遠吠《とおぼ》えのような悲しい悲鳴。

私の背後で、誰かがドアを強くノックする音が聞こえた。私はナイフを落とす。ぐったりした彼女を泣きながら揺する河見を、呆然《ぼうぜん》と見ていた。

その後すぐ、合鍵で扉を開けてホテルマンが入って来た。私は咄嗟《とっさ》にこの男が暴力をふるったのだと告げた。

たちまちやって来た警備員達が、暴れる河見を押さえつけた。俺が何をした、蒼子といっしょに行くのだとわめく河見を尻目《しりめ》に、私は彼女に付き添って呼んでもらった救急車に乗り込んだ。

彼女は意識を失っていた。救急車は大して走らないうちに、古そうな総合病院に着いた。彼女はあっという間に台車ごとどこかへ連れ去られる。ここで待っていて下さいと看護師に命令され、私は暗い廊下のベンチに腰かけた。

不安で胸が潰《つぶ》れそうだった。

あの血の色。生理の血は鮮やかな赤だ。けれど、彼女のからだから流れ出た血は、不吉な黒い赤だった。

肉親の死の予感が、底冷えする暗い廊下に漂った。私は祈り続けた。理屈を越えて、私は彼女の無事を願った。

ふと、牧原の顔が頭の中をよぎった。彼の恋人と、その子供の命が危ないのだ。私は殆《ほとん》どためらわず公衆電話に向かった。デパートに電話をすると、牧原は外出中だと言われてしまった。私は病院の名前と、蒼子が入院したからすぐ来るように伝えてくれと言って電話を切った。

先程のベンチに戻ると、ほどなく病室からまだ若そうな医者が出て来た。

「ご家族の方ですか？」

「はい」

彼は私を見て、おやという顔をする。運び込まれた患者に、顔が似ていることに気が付いたのだろう。

「双子なんです」

「ああ、そうですか。えっと、あなたがお姉さん？」

一瞬考え、そうですと答えておいた。

「妹さんは、残念ながら流産です。まだ妊娠《にんしん》初期だったようですね」

返事をする気力も湧《わ》かなかった。私は瞼《まぶた》を伏せる。

「お姉さんからも、力づけてあげて下さい。これが一度きりのチャンスだったわけじゃないのですからね」

よくあることなのだと、医者の顔に書いてあった。私は何か言おうと口を開きかけたが、すぐ唇を噛《か》んだ。彼女にとって、これが一度だけのチャンスだったかもしれないのだ。

看護師に呼ばれて私は病室に入った。救急用の処置室のような部屋を通り抜け、奥の部屋へ通される。小さな部屋の白いベッドの上で、彼女が横たわっていた。蛍光灯の光が、彼女の顔を青白く照らしている。私はベッド脇《わき》のパイプ椅子に腰を下ろした。

ふうっと彼女が目を開けた。

「……どうして泣いてるの？」

あどけない声で、彼女が私に聞く。私はただ首を横に振った。

「流産だったって。聞いた？」

「今、お医者さんに聞いたわ……」

彼女は力なく微笑《ほほえ》んだ。

「あっけないものなのね。しばらく休んだらもう帰っていいんだって。人間のからだって強いのか弱いのか分かんないわね」

私は次から次へと溢《あふ》れてくる涙を、手の甲で拭《ぬぐ》って言った。

「また、作ればいいじゃない。あなた丈夫だもの。今は四十歳ぐらいの人でも平気で子供産む時代よ。これからじゃない……」

「馬鹿ね、何言ってるの。あなた、またドッペルゲンガーになりたいの？」

からかうように彼女は言った。

「分からない。分からないのよ。私、嬉《うれ》しいはずなのに。殺してしまおうって思ったあなたが沢山血を流して倒れた時、あなたが死んじゃうのが恐《こわ》かったの。流産だって聞いて、心底悲しかったの。どうしてなのかしら」

彼女は白いシーツの中から腕を伸ばし、私の濡れた頰《ほお》を指で拭った。

「いいのよ。私、本当のこと言うと、少しほっとしてるの」

「え？」

「牧原君は私じゃなくて、佐々木蒼子が好きなのよ。私も牧原君のことを愛してるわけじゃないし。そんな両親の間に子供が生まれていいわけないもの。本当は産むのが恐かったのよ」

人が変わったように彼女は弱気なことを言った。私はまるで死期の近い少女の枕元《まくらもと》に座っているような、居たたまれない気持ちになる。

「私、迷ってたの」

「…………」

「どこかへ行こうと思えば行けたのよ。牧原君にも誰にも言わずに、あなたから盗んだお金とパスポートで、外国へでも逃げることはできたのよ。でも私、とりあえず、なんて自分に言い訳して、東京のホテルなんかでぐずぐずしてた。だから、あなたに見つかっちゃった」

彼女は手の甲を、自分の額に押し当てる。白い手首に隠れて彼女の表情が見えなくなった。

「どういうこと……？」

「自由になれたはずだった。だけどね、本当に自由になったとたん、私、死ぬほどつらかったの」

私は何も言えず、彼女の口許《くちもと》を見つめた。

「どうすれば、満たされるんだと思う？」

彼女は額から手を外し、私の目を見てそう質問した。私はただぎごちなく首を傾《かし》げる。

「私達、ちゃんと愛されてたのよ。河見君にも牧原君にも。佐々木さんでさえ、結婚した時はあなたのことが好きだったのよ。それをねじ曲げたのは私達なのよ。愛されてたのに愛し返さなかったのよ、私達」

彼女は話し終えると、大きく溜《た》め息をついた。私は彼女の言葉の意味を考えた。彼女の言うことはもっともだが、では、どうすればよかったのだろう。私は自分なりに精一杯佐々木を愛したつもりだった。拒絶されようが相手に愛人がいようが、努力して愛するべきだったというのか。努力して愛すれば、この冷えて虚《うつ》ろな気持ちが満たされるというのだろうか。努力して愛する、それは演技ではないか。上手い演技をすれば、素晴らしい人生の舞台ができ上がるとでもいうのだろうか。

そこで、病室のドアが小さくノックされた。

「警察の方がいらっしゃってますけど」

ドアを開けた看護師の後ろから、制服姿の警官が顔を出した。

「お休みのところをすみません。えっと」

彼は私と彼女の顔を見て、目をぱちくりさせた。

「あの、河見俊一さんの奥さんはどちらでしょう？」

聞かれて、彼女が半身を起こした。

「私です」

「あ、そうですか。あの、おからだの方は……」

「大丈夫です。主人が何か？」

「それが、ホテルの方から暴力を働いたと通報があったので、署の方に来ていただいたんですけどね。本人は何もしていないの一点張りで。女房が倒れて病院に運ばれてるんだと、その、あまりお泣きになるんで、事情の方を聞きに来たんです」

「主人は何もしてないですよ。ね？」

彼女が私に強く同意を求める。私はつられて頷《うなず》いた。

「ちょっと夫婦喧嘩《げんか》しただけなんです。ご迷惑をおかけしました」

「いえ、こちらは別に……。じゃあ、ご主人には、すぐにお引き取り願いますので」

頭を掻《か》きながら警官がそそくさと出て行くのを見送って、私は彼女の顔を見た。

「……いいの？」

「何が？」

「何がって。河見君、すぐにここへ来るわよ。あなた動けるの？」

私が必死に言うと、彼女はくすりと笑った。

「いいのよ。もう逃げないから」

「でも」

「私、河見君とちゃんと離婚する」

「え？」

「あなたがさっき、河見君を刺そうとした時、私止めたでしょう」

「……うん」

「あれ、自分でもびっくりしちゃった。私、河見君のことが……」

彼女はそこで言葉を止めた。そして、小さく首を振る。

「分からないわ。大嫌いだとも思うし、愛してるような気もするし」

「紙一重？」

「うーん。表裏一体かな」

私と彼女は、ふたりで小さく笑った。

「でもね、私が一点の曇りもなく河見君のことを愛さない限り、彼はああやって暴力をふるい続けるんだと思う。そんなこと私にはできないから」

彼女の顔に、深い疲労が見えた。私は慰めの言葉ひとつ言えない自分が歯がゆかった。

「そんな顔しないでいいわ。河見君と離婚しても、あなたには迷惑かけないから。あ、今更そんなこと言っても説得力がないか」

「…………」

「とにかく一度、福岡へ帰るわ」

きっぱり言う彼女に、私は唇を噛んだ。彼女が福岡へ帰ることをあれほど望んでいたのに、まるで嬉しくなかった。

「そうだ。私、牧原君に電話したの」

私の台詞《せりふ》に、彼女は「え？」と声を出した。

「そんなに驚くこと？　だって、あなたが死んじゃうかと思ったんだもの」

「そう……あなたでも、少しは優しいところがあるのね」

彼女のその言葉には、皮肉よりも驚きが多く含まれている感じがした。

「牧原君、来るわよ。どうする？」

「せっかく呼んでくれたけど、もう牧原君には会わないわ。あなたからうまく、ごまかしておいてくれない？」

「……うん」

戸惑いながらも、私は頷いた。そうするしか方法はないだろう。

「もう行った方がいいわ」

彼女は小さく息をついて私に言った。

「もうすぐ河見君も来るわよ。また、すれ違ったりしたら大変よ」

彼女に促されて、私はそろそろと立ち上がる。

「私のバッグに、あなたの物が入ってるから持って行って」

「……うん」

「じゃあ、元気でね」

彼女はあっさり言うと、シーツの中に潜り込んだ。私はドアまで歩いたものの、そこに立ち止まってベッドを振り返る。彼女が作る布団の膨らみは、悲しいぐらい小さかった。これでもう、彼女と会うことはないのだろうか。

「早く行きなさいよ」

ベッドの中から、くぐもった声が聞こえる。

「うん……」

「手紙書くから」

「え？」

私は思わず聞き返した。

「そのうち手紙書くわ。だから、早く行ってて」

彼女の声が、震えているように聞こえたのは錯覚だろうか。私は静かにドアを閉め、病室の外へ出る。

看護師から彼女の鞄《かばん》を受け取り、私は自分のものを取り出した。廊下へ出ると、非常口を指す明かりだけがぼんやり緑色に光っていた。私は何度も何度も振り返りながら、病院の出口へ向かう。何に対するものか分からないが、未練がからだ中に溢れていた。これで一件落着という気分には程遠かった。

ロビーのような所へ出ると、私ははっと足を止めた。玄関の自動ドアがするすると開き人影が見えた。河見だろうかと身構える。すると、その男は私を見て駆け寄って来た。

「蒼子さんっ」

「……牧原君」

彼は私の前まで来ると、死の宣告を聞くような怯《おび》えた顔をした。何も言えず、ただ私の顔を涙の滲《にじ》んだ両目が見ている。

「駄目だったの。赤ちゃん、流れちゃった」

そう言うと、牧原はしばらく私の顔を食い入るように見た。そして、私のからだを両手で抱き寄せる。

「仕方ないよ。また作ればいいよ」

私を抱きしめ、彼は繰り返しそう言った。この温もりは私のものではなく、もうひとりの蒼子に与えられるものなのだ。そう思うと、ひどく後ろめたかった。けれど、私にもそれは必要な温かさだった。

牧原の腕の中で、私は泣いた。彼は何度も私の髪を撫《な》でてくれた。

牧原に肩を抱かれ病院を出た私は、もう一度彼女のいる病棟を振り返る。

嘘《うそ》のように頭痛がなくなっていることに、私は気が付いた。

何もかも取り戻したというのに、惨めな敗北感が全身を襲った。

それは、彼女が一度として、私に泣いた顔を見せなかったからかもしれないと思った。

私の負けだった。

私は私自身に完敗したのだ。

彼女から手紙が着いたのは、それから半年も後のことになった。

私はまだ、あのマンションに暮らしている。佐々木との離婚は、あと私が離婚届に判を押すだけというところまで来ているが、私はそれを逃げていた。業をにやした佐々木が、弁護士をたてて裁判をすると言ってきている。裁判になったら私は負けるのだろうかと他人《ひと》事《ごと》のように思っていた。

牧原との仲は、進展するでもなく別れるでもなく、ずるずると続いていた。彼は私の顔を見る度に、やはり蒼子さんは佐々木さんの経済力を離したくないのだろうといじけた事を言っていた。

もうひとりの私と出会う前と、生活はほとんど何も変わってはいない。唯一変わったと言えば、私も彼女と同じように、ミシン掛けのバイトをするようになったことぐらいだ。

大きな工場の片隅で、一日同じダーツにミシンをかけるのだ。技術も何もいらない。必要なのは根気ぐらいなものだ。けれど、彼女が福岡に帰ってから私は妙に頭がぼうっとしてしまっていたので、何も考えずに単純作業を繰り返すその仕事を、まるでリハビリのように感じていた。

彼女からの手紙が着いたのは、いつの間にか終わりに近づいた夏の朝だった。バイトに出かけようとマンションの下まで下りると、ちょうど郵便配達が私のポストに手紙を入れているところだった。差出人のないその白い封筒を見て、私は一目で彼女からだと分かった。

封を開けずにバッグに入れ、バイト先の工場へ行った。何が書いてあるか、私はミシンをかけながら想像した。彼女はもうひとりの私であるはずなのに、彼女がいったい何と書いてきたのか、うまく想像することができなかった。

昼休み、私は屋上に上がって手紙の封を切った。

日差しに白い便箋《びんせん》が光り、風に紙の端がはたはたとなびいた。

もうひとりの蒼子様

お元気ですか？

私はまあまあです。

あのアパートを出て、ひとり暮らしを始めました。

河見君との離婚訴訟は長引いています。それにしても、たかが離婚するだけで、何故こんなに手間とお金がかかるのでしょうか。

あの縫製工場の社員になりたかったのですが、河見君が嫌がらせに来るので、今は別の所で働いています。社長さんまで河見君に殴られて、死ぬほど悲しい思いをしました。

今となっては、あなたと会ったことが夢のようです。けれど全部現実だったのですよね。こうやって手紙を書いているのだから。

最近よく、広島であなたと会った時のことを思い出します。

お父さんに会った時、喫茶店で背中合わせに座ったでしょう。そのことが、私達の関係を象徴しているように思うのです。

私達は輪っかになったひとつのリボンの表と裏で、出会うことなく、ぐるぐる回っているわけです。そのリボンは一ヵ所ねじれていて（メビウスの輪ですね）一瞬だけ、私達は出会うことがあるの。それが、あの楽しかった夜だったのではと私は思うのです。あなたのことが私は嫌いだけれど、あの時だけは本当に楽しかった。

苦労して離婚したところで、この先いいことがあるとはとても思えません。けれど、死にたいわけでもないのです。

この生きることへの執着は、どこから来るのでしょうか。きれいに死ねたらさばさばするだろうと思うのに、私はリボンに鋏《はさみ》を入れることができないのです。いったい私はどうしたいのでしょうか。分からないまま、年を取って死ぬのかもしれませんね。

自分のことばかり書いてごめんなさい。またいつか、どこかで会えたらいいですね。

そうしたら、私達また、お互いの身をうらやましがるのかしら。

お元気で。さようなら。

九月十四日

河見蒼子

便箋一枚に書かれたその手紙を、私は何度も何度も繰り返し読んだ。手紙の最後に書かれた日付が、私達が初めて会った日だと、私は何回目かで気が付いた。

あの日がなかったら、私はどうしていただろうと考えた。

少なくとも、ミシンを踏んだりはしていなかったなと、私はひとりで苦笑いを浮かべた。

昼休みの終わりを告げるチャイムの音に、私はやっと手紙を畳んだ。

解説

柚《ゆず》木《き》麻《あさ》子《こ》（作家）

私が初めて本書を読んだのは、高校生の頃だ。

文庫本を買った場所まで覚えている。大森《おおもり》駅の駅ビルの中にある書店だ。読み終わったあとは、自分に瓜二《うりふた》つの女の子がある日、ひょっこり日常に現れるんじゃないか、という妄想に取り憑《つ》かれたものである。十代の私にとって、ドッペルゲンガーとの遭遇をリアルに描いた『ブルーもしくはブルー』はこれまで読んだことがない種類の新鮮なホラーであり、優れたサスペンスだったのだ。しかし、あれから二十年以上経った今読み返してみると、女性が搾取から逃れる手引き書として、まったく違う方向での面白さに引き込まれた。読み手である私自身の変化に驚くと同時に、日本女性の生きづらさがまったく変わっていないことにも、ハッとしたのである。

怖い物語だが、同じ人物である蒼子《そうこ》Ａと蒼子Ｂが、偶然出会ってしまうから怖いのではない。どちらの男を選んでも、結局モラハラかＤＶに苦しむはめになるからでもないし、蒼子Ａと蒼子Ｂが互いに激しい憎悪を抱き、最終的には殺し合いに発展するから怖いのでもない。

　蒼子には買い物以外に、趣味と呼べるものも、将来の展望も、知的好奇心もない。さらに、人間関係らしい人間関係をまるっきり持っていない。彼女にあるのは扶養の義務を担う男性パートナーとの閉じた関係だけ。そこから外れれば、たちまち社会から弾《はじ》かれてしまう。ドッペルゲンガーを見たことを打ち明けられる相手さえ皆無である。彼女が夢見る、あったかもしれないもう一つの人生とは、単に他のパートナーとの暮らしでしかない。ゆえに、蒼子は同性とは敵対関係しか築けず、だからこそ、もう一人の自分とさえうまくやれない。こうした状況に蒼子が疑問を持たないがゆえに、メビウスの輪から決して逃れられない、この終わりがない悪夢が何より怖いのだ。

　２０２１年からみれば、蒼子が生きる日本は今よりは豊かで、経済活動が盛んなことが様々な描写から読み取れる。若い女性が未来を信じられる余地がまだまだ残されていることは、日常を離れて放浪する二人がさして不安を感じておらず、手に職があるからなんとかなるんじゃないか、と楽観視し、消費にためらいがない様子によく表れている。しかし、二人の蒼子が直面している閉塞《へいそく》感の今日的なことといったらどうだろう。彼女たちはそれぞれ家父長制の支配下にあり、そこからどうしても逃れられないし、その方法さえ知らない。蒼子Ａと蒼子Ｂが迎える結末が完全にハッピーエンドと言い切れない原因も、まさにそこにある。二人はそれぞれの夫とまだ離婚できていないし、ひょっとすると未来永劫《えいごう》できないのではないか、という不穏ささえ、作者は冷静に用意しているのだ。この男性支配に疑問を持たない心のありようは、蒼子のネグレクトされた生い立ちも影響しているが、社会に蔓延《まんえん》する女性蔑視《べっし》を彼女がそのまま内面化してしまったことが一番の原因ではないだろうか。

同じ顔を持つ女との殺し合いはメタファーだ。女性が自分を、同性を、強く憎むように社会から執拗《しつよう》にしむけられ続けた当然の結果である。蒼子Ａがパワーを持つと蒼子Ｂの存在が弱まる。その逆もしかり。だから二人の関係は永遠に対等にならない、ゆえに手を取り合うことは不可能、という描写は非常に示唆的だ。小さいパイを取り合って同性同士が争わねばならない構造が決してなくならないのは、女たちの連帯が権力へのカウンターパワーになるからだ。これは今、我々の目の前に広がる地獄なのかもしれない。山本文緒《やまもとふみお》氏は１９９０年代の時点で、明らかにその構造に批判的で、蒼子たちの無益な争いを終わらせるための、知恵や工夫の提供を惜しんでいない。

本書は大ヒットしたベストセラーだが、発売された当初、正しく読み解くには、もしかして、私もふくめて読者が成熟していなかったのかな、とも思う。その一端が表れているのが、本作の映像化だ。稲森《いなもり》いずみが主演した２００３年放送の連続ドラマは演者の熱演もあって視聴率が良く、原作のストーリーテリングが活《い》かされた成功作だった。しかし、ラストだけは大きく異なっている。蒼子Ａも蒼子Ｂもなんとそれぞれの夫のもとに戻り、暴力も不倫も許し、それが彼女たちの成長の結果として描かれる。山本文緒氏が強く警鐘を鳴らしていた「努力して愛する」ことを二人はすすんで選びとり、すべては気の持ちよう、とばかりに笑みを浮かべる場面で幕切れが訪れる。リアルタイムでこのドラマを見ていた私はぼんやりした違和感を抱いたが、それでもドッペルゲンガーの話としては十分に面白く感じたし、批判続出というわけではなかったと記憶している。つまり、私をふくめ当時の多くの視聴者にとってこの物語の怖さは、すべて蒼子の自己責任と考えすぎによるもの、ひょっとしたら彼女の不安が見せた幻であり、女性の置かれた閉塞状況は本人の気の持ちようで乗り越えられるもの、とどこか本質を見誤っていた、ということなのではないか。

　放送時の２００３年といえば、フェミニズムのバックラッシュのまっただ中で、それはエンターテインメントの世界にも影響していた。90年代に人気だったエネルギッシュな女性たちが連帯する物語は下火となり、男女の恋愛関係が何よりもすばらしいものであると訴えたり、女性が理不尽に降りかかってくる災難を一人で乗り越えるドラマが多くみられるようになった時期でもある。私事で恐縮だが、私がデビューした２０１０年でさえ、まだ女同士の関係だけを描くことは異端で、なぜ男女の恋愛を扱わないのか、と首を傾げられていた時代だった。同じような価値観を持つ、同世代の作家たちで集まり、互いに励ましあったものである。一見うまくいっている男女関係に「でも、それハラスメントでは？」という視点を持ち込んだり、何かあった時に自分を責めるのではなく社会を疑ってみたり、シスターフッドが肯定的に描かれることが増えたのは本当にここ数年のことなのだ。

ラストの手紙でも触れられている、蒼子Aと蒼子Bが心から笑いあえた夜は救いであり、読者にとって大きなヒントだ。自分自身を正しく愛することは搾取から逃れる最良の手段であり、それはそのまま身近な場所にいるよく似た誰かの手を取ることに直結する。自分の中のミソジニー（女性嫌悪）と向き合い、それを乗り越えることこそが、女性が抑圧と戦う最大の武器になると、本書はドッペルゲンガーとの不思議な和解を通じて教えてくれるのだ。

コロナウイルスの蔓延に伴いケア労働を担う女性の不平等がクローズアップされ、オリンピック強行を目前に男性トップの差別発言が日々ニュースを賑《にぎ》わす、今この時こそ読まれるべき、時代を超えた名作だ。

本書は、角川文庫旧版（一九九六年五月二十五日初版）を底本とし、一部表記を改めました。

ブルーもしくはブルー

山《やま》本《もと》文《ふみ》緒《お》

平成8年 5月25日　初版発行
令和3年 5月25日　改版初版発行

発行者●堀内大示

発行●株式会社KADOKAWA
〒102-8177　東京都千代田区富士見2-13-3
電話　0570-002-301（ナビダイヤル）

角川文庫 22673

印刷所●株式会社暁印刷
製本所●株式会社ビルディング・ブックセンター

表紙画●和田三造

●お問い合わせ
https://www.kadokawa.co.jp/（「お問い合わせ」へお進みください）
※内容によっては、お答えできない場合があります。
※サポートは日本国内のみとさせていただきます。
※Japanese text only

ISBN 978-4-04-111394-3　C0193

◇◇◇